배신 기사의 유쾌한 신의 2

초판 1쇄 발행 2023년 6월 20일

지은이 ı 가언
발행인 ı 최원영
편집장 ı 이호준
편집 ı 유석희 송영규 강진경
편집디자인 ı 한방울
영업 ı 김민원

펴낸곳 ı ㈜ 디앤씨미디어
등록 ı 2002년 4월 25일 제20-260호
주소 ı 서울시 구로구 디지털로 26길 111 JnK디지털타워 503호
전화 ı 02-333-2513(대표)
팩시밀리 ı 02-333-2514
E-mail ı seed_dnc@dncmedia.co.kr
블로그 ı blog.naver.com/gnpdl7

ISBN 979-11-6145-508-2 04810
ISBN 979-11-6145-506-8 (SET)

※ 저자와 협의하여 인지는 붙이지 않습니다.
※ 이 책은 ㈜ 디앤씨미디어(시드북스)가 저작권자와의 계약에 따라 발행한 것으로 본사와 저자의 허락 없이는 어떠한 형태나 수단으로도 내용을 이용할 수 없습니다.

배신기사의
유쾌한 신의

가언 판타지 장편소설

2

SEEDBOOKS FANTASY NOVEL

1장. 경멸도 관심이다 · 7

2장. 친애하는 후작님 · 55

3장. 미쳐도 곱게 미쳐야지 · 117

4장. 황금 정원 · 167

5장. 기억해 두지 · 219

6장. 목표는 권선징악 · 271

1장. 경멸도 관심이다

경멸도 관심이다

부웅!

검을 앞으로 내지른 채 아렌트는 움직임을 멈췄다. 새파란 검기를 머금은 그의 검이 올곧게 뻗어 나가 허공을 갈랐다.

아렌트는 그대로 한동안 미동조차 하지 않았다.

잠시 후.

"후……."

커다랗게 한숨을 내쉬며 그가 천천히 검을 내렸다. 동시에 검에 서렸던 검기도 한꺼번에 흩어졌다.

탁, 소리 나게 납검한 아렌트는 이마를 축축하게 적신 땀을 소매로 대강 닦아 냈다.

확실히 몸이 단단해진 것이 느껴졌다. 검 끝도 날카로

워졌고 움직임의 군더더기도 없어졌다.

무엇보다 크게 성과를 얻은 부분은 바로 마력 쪽이었다.

그동안 제대로 자리 잡지 못하던 마력이 이제야 제대로 구심점을 찾은 느낌이었다. 중심이 생기니 순환도 효율적이고 사용할 때도 낭비가 없어졌다.

'의외로 이것도 도움이 좀 된 것 같고.'

아렌트는 습관처럼 손을 쥐었다가 폈다. 그의 시선이 이제는 손등에 피부처럼 자리 잡은 장갑에 닿았다.

처음 마력이란 걸 움직여 봤을 때도 그랬다.

서리 어린 손길을 착용한 직후 어렵지 않게 마력을 운용할 수 있었다. 그때는 미처 생각하지 못한 부분이었는데 지금 돌이켜 보면 그것도 우연은 아닌 모양이었다.

"어떤 방식으로든 도움이 되는 것 같은데······."

원리가 뭔지는 알 길이 없었지만.

아렌트는 주변에 아무도 없다는 것을 한 번 더 확인하고는 다시 마력을 끌어올려 서리 어린 손길을 발동했다.

한순간 차가운 냉기가 온몸을 휘감았다.

천천히 눈을 감았다가 뜬 아렌트는 마침 근처에 팔랑팔랑 떨어지는 나뭇잎 하나를 톡, 건드렸다.

새파랗던 나뭇잎이 순식간에 얼음덩어리가 되어 바닥에 툭, 떨어졌다.

"나쁘지 않은데."

확실히 전보다 체력이나 마력의 소모가 줄었다. 처음 발동했을 때 식은땀을 줄줄 흘렸던 것을 생각하면 장족의 발전이라고 할 수 있었다.

처음 썼을 때는 컵 하나를 박살 냈고, 두 번째는 적의 검을 순식간에 얼어붙게 만들었다. 지금이라면 더 큰 위력을 끌어낼 수도 있을 것 같았다.

그걸 시험해 볼 장소가 마땅치 않다는 게 그저 아쉬울 뿐이었다.

'함부로 내보일 수도 없고.'

아서와 리히트는 이제 와서 해치려 들지는 않을 테지만, 아직 다른 기사들은 믿을 수 없었다. 아렌트가 위험한 아티팩트를 지니고 있다는 걸 안다면 경계하는 사람이 생길 게 뻔했다.

게다가 그 심장 어쩌고 하는 놈들도 이 낡아 빠진 장갑을 미친 듯이 찾아 헤매는 중일 텐데, 괜히 시선을 끌었다가 표적이 되는 것은 극구 사양이었다.

"음……."

그래도 제대로 수련할 만한 공간이 있다면 좋을 텐데.

아렌트는 검 끝을 매만지며 가볍게 생각에 잠겼다.

"야, 아렌트…… 어?"

막 연무장에 들어오던 아서는 가만히 서서 눈만 굴리는

경멸도 관심이다 〈11〉

아렌트를 보고는 멈칫했다.

눈동자를 데굴 굴리며 고개를 갸웃대는 모습은 모르는 사람이 보면 한 번쯤은 감탄을 흘릴 정도로 수려했다. 하지만 그에게 있는 대로 데인 아서의 눈에는 또 무슨 꿍꿍이인지 불안하게 보이기만 했다.

그때, 문득 아렌트가 다시 고개를 들었다. 아서는 반사적으로 움찔했다.

아렌트가 허공을 향해 툭 내뱉었다.

"배고프다."

"……."

저건 도대체 뭐 하는 자식일까. 하루하루 의문만 쌓이는 아서였다.

수현이 아렌트 폰 에크하르트로 이 이야기에 편승하게 된 지 세 달째. 그 역시 이쪽 세계에서의 삶에 착실히 적응해 나가는 중이었다.

* * *

"심부름 좀 다녀와."

라이오스의 첫마디였다.

난데없이 호출당한 아렌트는 의아하게 눈을 끔뻑였다. 라이오스는 정갈하게 정리된 서류를 아렌트에게 건넸다.

"황태자 전하께 드릴 거다."

"제가 가요?"

"원래 견습 기사인 네 일이지. 지금까지는 네가 꾸준하게 도망 다닌 바람에 할 기회가 없었을 뿐이지만."

"……."

그렇게 말하면 대꾸할 수 있을 리 없었다.

아렌트는 얌전히 서류를 받아 들었다.

"거참, 되게 뭐라고 하시네. 지금은 도망도 못 간다, 이겁니까?"

"그럴 의도는 없었다. 사실을 말했을 뿐이지."

라이오스가 침착하게 대꾸했다.

어쩐지 받아치는 실력이 늘어가는 것 같은 기분인데…… 아렌트는 속으로만 투덜거렸다.

잠깐의 틈 뒤, 라이오스가 툭 내뱉었다.

"그리고 이건 개인적인 판단이다만."

"……?"

"이건 우리 측에서 굳이 직접 가져다 드리지 않아도 조만간 보고가 올라갈 내용이다. 그런데 황태자 전하께서 직접 요청하셨지."

의외의 한마디에 아렌트는 눈을 깜빡였다.

라이오스가 차분히 덧붙였다.

"널 부르신 거라고 생각되는데."

"그……."

잠시 후.

상황 판단을 끝낸 아렌트가 떨떠름하게 물었다.

"설마 진짜 쳐들어가셨습니까?"

"쳐들어간 게 아니다. 개인적으로 잠시 면담을 부탁드렸을 뿐이지."

그게 그거지.

아렌트는 이마를 짚고 싶어졌다. 라이오스에게 곧이곧대로 불면서도 이렇게 될 거라 대충 예상하긴 했지만.

"뭐라고 말씀하셨는데요?"

"우리는 모두 황제 폐하와 황태자 전하께 충성하는 몸이니 이견은 전혀 없다. 하지만 위험할지도 모를 일이 생길 경우, 우선 네 단장인 나에게 먼저 말씀해 주셨으면 좋겠다고."

역시 방심할 수 없는 상대였다.

잠깐 입을 벙긋거리던 아렌트는 결국 짧게 한숨을 내쉬고 화제를 돌렸다.

"제가 드린 건요? 써 보셨습니까?"

"아직. 지니고는 다니지만……."

라이오스가 살짝 말끝을 흐렸다.

아렌트는 그가 하고 싶은 말을 짐작했다. 사용해 볼 만한 곳이 없다는 뜻이겠지. 그 역시 다른 기사들에게 내보이지 않는 게 좋다는 판단을 내린 모양이었다.

라이오스는 단장으로서의 업무도 해야 하니, 아렌트처럼 단원들이 없는 시간에 연무장을 쓰는 것도 힘들었다.

아렌트는 뒷머리를 긁적였다.

"사용하기 어렵지는 않으니까, 뭐 문제는 없을걸요. 시험 삼아 써 봤는데, 리히트 선배 정도는 가볍게 제압할 수 있었어요."

"그 속임수라는 게……."

그는 예전에 아렌트가 리히트와 대련을 벌여서 이겼던 일을 떠올렸다. 그때 아렌트가 속임수를 썼다며 한바탕 난리가 나기도 했다.

라이오스는 이제야 그 사건의 전말을 알 수 있었다.

아렌트는 뭐가 문제냐는 듯 단장을 빤히 바라보았다.

그 말간…… 내지는 뻔뻔한 얼굴에 대고 라이오스가 할 수 있는 말은 별로 없었다.

"선배를 시험용으로 쓰면 안 된다."

"시비 건 사람 잘못이지."

"……빨리 가라."

라이오스는 그간의 경험으로 여기에서 대화가 더 길어져 봤자 좋을 게 없다는 걸 알고 있었다.

아렌트는 어깨를 으쓱하고는 몸을 빙글 돌렸다.

지시를 받았으니 황궁으로 가긴 가야 했다.

그는 생활관에서 나와 본성으로 가는 길을 걸으며 느긋하게 주변을 둘러보았다.

날씨는 청명했다.

관리가 잘된 정원수에 햇살이 미끄러졌고, 딱 적당한 바람이 뺨을 쓰다듬고 지나갔다.

아렌트는 눈동자를 굴려 지나가는 사람들 쪽으로 시선을 옮겼다.

그를 발견한 시종들이 급하게 눈을 피했다. 마주치는 귀족들은 호기심 어린 시선을, 때로는 벌레를 보는 듯한 곁눈질을 보내기도 했다.

'좋네.'

걸어 다니는 쓰레기 취급도 받아 보고. 아주 귀중한 경험이었다.

아렌트는 더욱 가슴을 펴고 당당히 걸음을 옮겼다.

그래서 그런가, 황궁 초입에 발을 들이고 나서야 문제를 깨달았다.

"아……."

아렌트는 황태자의 집무실이 어디인지 몰랐다.

뒤늦게 걸음을 멈추고 주변을 둘러봤지만 마주친 시종들이 황급히 도망치는 것만 보일 뿐이었다.

"……."

좋네, 좋아.

아렌트는 아까 되뇌었던 말을 다시 한번 중얼거릴 수밖에 없었다.

잠깐 고민하던 그는 쉽게 결론을 내렸다.

언제까지 다녀오라는 말은 없었으니 마음을 느긋하게 가질 생각이었다.

애초에 심부름을 순순히 한다는 것 자체가 개망나니 기사에게는 어울리지 않는 일이었다.

아렌트는 다시 한 발짝 내디뎠다. 그대로 걸음을 옮겨 느긋하게 황궁 구경이나 할 참이었다.

하지만 채 몇 걸음 떼기도 전.

와장창!

정면에서 요란한 소리가 터져 나왔다.

"자네는 눈을 어디에 두고 다니는가!"

당연하다는 듯이 쩌렁쩌렁한 호통이 뒤를 따랐다. 아렌트는 눈을 끔뻑이며 현장을 확인했다.

"죄송합니다! 앞을 미처 못 보고 그만……!"

"자네는 이게 얼마나 중요한 서류인지 아는가!"

배 나온 중년인이 노발대발하며 시종에게 버럭버럭 소리를 질러 댔다.

아렌트는 시종의 얼굴을 알아볼 수 있었다. 방금 그를 보고서 도망치듯 자리를 뜨던 소년이었다.

두 사람의 발치에는 깨진 찻잔과 접시, 그리고 몇 장의 종이가 나뒹굴었다. 시종은 바닥을 거의 기다시피 하며 쏟아진 종이들을 주워 모았다.

"죄송합니다! 죄송합니다……."

"시종장은 어디에 있나! 내가 직접 얘기해야겠다. 이렇게 수준이 떨어지는 자가 궁에서 일을 하고 있다니!"

그 말에 시종의 얼굴이 사색이 되었다. 하지만 상대는 물러설 생각이 전혀 없어 보였다.

남자가 버럭버럭 고함을 쳐 댔다.

"당장 데리고 와라! 내 말이 안 들리나?"

"한 번만 용서해 주십시오, 후작님! 제가 아직 일이 서툴러서 그랬습니다……."

시종이 연신 고개를 숙여 댔다.

지나치던 이들이 걸음을 멈췄다. 갑작스러운 소란에 다른 곳에 있던 귀족들과 하인들도 슬슬 나타났다.

"그리그 후작님이군."

"그리고 저쪽은 이번에 새로 들어온 시종인 모양인데. 어느 남작가의 장남이라고 했던가."

사람들 사이에 속삭임이 오갔다.

지켜보는 사람들은 많았다. 하지만 그들 중 그리그 후작이라 불린 이를 말릴 사람은 없어 보였다.

구경꾼의 시선이 모두 실수를 저지른 시종과 봉변당한 후작에게 모여들었다.

아렌트 역시 어정쩡히 그 자리에 멈춰 설 수밖에 없었다.

그냥 지나쳐도 상관은 없겠지만, 둘이 있는 곳은 하필 아렌트가 걸음을 옮기려던 방향이었다. 그새 사람들이 꽤 많이 모여든 탓에 슬그머니 자리를 빠져나가기도 애매해졌다.

"쯧, 귀찮게."

식은땀을 뻘뻘 흘리는 시종을 곁눈질한 아렌트는 짧게 혀를 찼다. 그러고는 지나치려던 발걸음을 휙 돌렸다.

시종은 허리를 푹 꺾은 채로 미동도 하지 않았다. 무릎 위에 올라간 그의 양손이 덜덜덜 떨리고 있었다. 그에 후작은 더욱 화가 난 듯 시종을 향해 위협적으로 바짝 다가섰다.

"내 말이 들리지 않는 모양이지? 아니면 왜, 자네가 직접 이 일을 책임질 건가? 이 중요한 서류를 망쳤는데 어떻게 책임질 거지? 어떻게 책임질 거냐!"

결국 후작의 주먹이 허공을 향해 치켜 올라갔다. 시종이 눈을 질끈 감았다. 다음에 무슨 일이 벌어질지 짐작한 구경꾼들의 입에서도 짧은 비명이 터졌다.

그때, 시큰둥한 목소리가 불쑥 끼어들었다.

"시끄러워 죽겠네. 황궁 혼자 쓰십니까?"

"……."

순간 찬물이라도 끼얹은 듯 주변이 고요해졌다.

의아해진 후작이 주먹을 치켜든 채로 목소리가 들려온 방향을 향해 고개를 들었다. 시종 역시 한순간 상황을 잊어버린 것처럼 입을 헤, 벌렸다.

순식간에 사람들의 시선을 끌어모은 것은 한 청년이었다.

후작은 기가 막혀 입을 조금 벌렸다가 이내 더듬더듬 물었다.

"……방금 나한테 말한 건가?"

"네, 그렇습니다. 지금 복도 차지하고 소란 피우는 게 댁 말고 더 있나요. 후작씩이나 되어서 시종 하나 잡고 뭐 하는 짓인지. 채신머리없게."

삐딱하게 선 아렌트가 무표정하게 후작을 마주 보았다.

갑자기 나타난 잘생긴 기사가 누구인지 알아보지 못하는 사람은 여기에 아무도 없었다.

후작 역시 마찬가지였다.

황궁에서 저런 새하얀 은발을 가진 사람은 딱 한 명밖에 없었다.

아렌트 폰 에크하르트.

최근 구설수에 가장 많이 오르내리는 골칫덩이 기사.

아렌트는 성큼성큼 걸어 두 사람에게 다가갔다. 사람들의 얼떨떨한 눈길이 뒤따랐다.

아렌트는 우선 시종을 향해 툭 내뱉었다.

"후다닥 도망치더니 꼴좋다. 그러게 앞이나 잘 보지.

누가 잡아먹는대?"

"예? 아, 죄송합니다······."

시종이 얼떨떨하게 대답했다. 자신이 무슨 말을 하는지도 제대로 깨닫지 못한 눈치였다.

아렌트는 시종에게서 눈을 떼고 다시 후작을 보았다.

그리그 후작 역시 제대로 상황을 파악하지 못하고서 멍하니 눈을 끔뻑이기만 했다.

잠시 후, 퍼뜩 정신을 차린 후작이 사납게 으르렁거렸다.

"······누군가 했더니, 자네가 말로만 듣던 아렌트 폰 에크하르트 경이군. 아직도 뻔뻔하게 황성을 활보하다니. 낯짝 한번 두껍구나."

"아무래도 그런 편이죠."

"······."

후작은 순간적으로 기가 막혀 할 말을 잃어버리고 말았다. 지켜보던 이들도 입을 쩍, 벌린 것은 마찬가지였다.

아렌트는 뻔뻔하게 그를 마주 보았다.

"어떻습니까? 그 두꺼운 낯짝을 구경하신 감상평은. 생각보다 잘생기지 않았나요?"

마치 찬물이라도 끼얹은 듯한 침묵이 황성의 복도에 가득 들어찼다.

미친놈인가······ 후작의 얼굴에 노골적으로 황당하다는 빛이 스쳐 지나갔다.

그렇지 않아도 후작은 아주 기분이 나쁜 상태였다.

황태자가 직접 요청한 자료를 준비하느라 밤을 새워야 했고, 자신의 사업과 관련된 안건이 반대에 부딪혀 무산될 위기에 처했다.

그런 와중 얼빠진 시종 하나 때문에 밤새 작성한 서류는 엉망이 되고야 말았다. 그런데 거기에 황성에서 가장 질이 나쁘다고 소문난 자가 끼어들기까지.

"……하, 기가 막히는군."

그리그 후작이 헛웃음을 터뜨렸다.

눈앞의 어린 견습 기사를 도발할 의도가 다분한 반응이었지만, 정작 아렌트는 일말의 감흥도 없다는 없는 표정으로 그를 마주 볼 뿐이었다.

"경이 끼어들 상황은 아닐 텐데. 참견해야 할 때와 참견하지 않아야 할 때를 구분하지 못하는 모양이지?"

"그걸 구분했다면 제가 유명인이 되지는 않았을 텐데요. 저 시종이 내 얼굴을 보고 허둥지둥 도망치다 후작님과 부딪치는 일도 없었을 테고."

아렌트가 어깨를 으쓱했다.

이제 막 스물이나 되었을까 한 앳된 얼굴에 시큰둥한 낯짝, 느긋한 몸짓까지. 시건방짐의 표본이라 할 수 있는 모습이었다.

그리그 후작은 진심으로 황당해졌다. 그것은 곧 노골적

인 분노로 바뀌었다.

노기 어린 두 눈에 쌍심지가 켜졌다.

이제 차를 엎지른 시종 따위는 그의 안중에도 없었다.

"내가 누군지는 아나?"

"모릅니다. 알아야 합니까?"

아렌트는 자신에게 모여든 시선을 고스란히 받아들이며 여유로운 몸짓으로 주머니에 손을 푹, 꽂았다.

"뭐 얼마나 대단하신 분이기에 시종장을 오라 가라 하시고, 복도 한가운데를 이렇게 점거해도 아무도 나무라는 사람이 없는지 저는 잘 모르겠습니다만, 그리그 후작님?"

거기에 은근하게 말꼬리를 올리고 입술을 슬쩍 휘면 이제 완벽했다.

사람 속을 박박 긁는 표정의 완성이었다.

다시금 멍하니 있던 후작의 얼굴이 시뻘겋게 달아올랐다.

"죽다 살아난 주제에 말이 많구나. 황제 폐하의 자비가 아니었다면 형장에서 목이 떨어졌을 것을!"

그 말에 몇몇 이들이 숨을 삼켰다. 아렌트가 크게 화를 낼 게 뻔하다고 생각한 것이다. 하지만 아렌트는 그저 어디서 개가 짖나, 하는 태도로 귀를 후비적댈 뿐이었다.

"유감스럽게도 목은 아직 잘 붙어 있습니다. 아니면 뭐 판결을 내린 분들에게 정식으로 항의라도 해 보시든가요. 댁들이 사형 선고를 안 내린 탓에 내가 이런 모욕을 당했다고."

"뭐……?"

"당장 찾아갈 분은 많을 텐데요. 아니면 제가 직접 동행해 드려도 괜찮고. 그분들이 진짜 실수하셨을지도 모르잖아요."

제 목을 두고 이런 식으로 말하는 사람이 또 있던가?

듣던 이들은 모두 아연실색했다.

"물론 후작님이 바라셨던 대로 제가 그 자리에서 뒈져 버렸다면 이스트 금고는 잿더미가 됐을 테지만. 거기 후작님의 재산도 좀 있지 않나요?"

아렌트의 말은 거기에서 끝난 게 아니었다.

"아, 그리고 덤으로 그 말도 꼭 하세요. 중요한 서류를 망친 시종을 손찌검으로 혼내 주려 했는데, 앞에서 주둥이 털어 대는 건방진 견습 기사 앞에서는 차마 손이 안 올라갔으니 댁들이 대신해서 말 좀 해 달라고."

거기까지 말한 아렌트는 어느새 얌전히 내려간 후작의 주먹을 곁눈질했다. 그 뜻을 알아차린 후작의 얼굴이 벌겋게 달아올랐다.

꽉 쥔 주먹이 부들부들 떨리기 시작했다.

"자네, 지금 말 다했나?"

"오, 치시게요? 그것도 나쁘지 않네요. 난 또 후작님이 비겁하게 약한 시종에게만 주먹을 휘두른다고 오해할 뻔했네."

살얼음판 같은 공기가 흘렀다.

아렌트는 입꼬리를 비튼 채 후작을 똑바로 마주 볼 뿐이었고, 노기를 주체하지 못한 후작의 얼굴이 벌겋게 달아올랐다가 창백해지기를 몇 번이나 반복했다.

아렌트 뒤에 몸을 숨긴 시종은 이제 울음을 터뜨리기 일보 직전이었다.

구경꾼들은 숨을 죽이고 사태를 지켜보았다.

잠깐의 침묵이 흘렀다.

그리고 잠시 후, 후작이 천천히 한숨을 내쉬었다. 어느 정도 침착함을 되찾은 그가 다시 입을 열었다.

"……황태자 전하께서 조금 공을 인정해 주셨다고 해서 아주 기고만장해진 모양이군. 에크하르트 백작이 자네를 내친 데에도 다 이유가 있는 거다."

"내쳐졌어요? 그건 또 몰랐네."

아렌트는 팔짱을 끼고 눈을 크게 뜨는 시늉을 했다.

그리그 후작이 사납게 쏘아붙였다.

"당연한 소리를 하는군. 경이 하옥되었을 때, 집안에서의 변호나 도움이 있었나? 제 아들이 당장 사형당할 판인데도 안달 한번 안 내길래 의아했는데, 이제야 백작의 진의를 알겠군. 이런 성정이니 백작가에서도 달가워하지 않을 수밖에."

그런 거였나. 이건 또 새로운 사실이었다

아렌트가 눈을 끔뻑였다.

'그냥 곱게 자란 놈인 줄 알았는데.'

지금까지는 신경 안 쓴 부분이지만, 의외로 부친과는 그리 사이가 안 좋을지도 모르겠다는 생각이 문득 들었다.

'하긴 지금까지 코빼기도 안 비친 걸 보면 알 만하네.'

이제 반역자라고 사형당할 일도 없고, 그것 때문에 가문이 문책당할 상황도 아니었지만, 아직 아렌트는 이놈의 가족이란 자들을 구경조차 하지 못했다.

아렌트가 대답하지 않자 그리그 후작은 승기를 잡았다고 생각하고서는 슬쩍 미소 지었다.

"그렇게 간신히 목숨을 건졌는데도 반성하는 기미라고는 전혀 없으니 백작이 보면 무어라 하겠는가. 그리고 자네를 적극적으로 변호한 라이오스 경의 얼굴에도 먹칠을 하는 짓이네!"

"흠……."

아렌트의 표정이 묘해졌다.

아무래도 이 후작은 뭔가를 착각하는 모양이었다.

아렌트가 그 점을 지적하고자 입술을 떼려는 그 순간, 온화한 목소리가 두 사람 사이에 끼어들었다.

"라이오스 경이라면 이런 상황에서 아렌트 경을 나무라지는 않을 겁니다."

막 내뱉으려던 대사를 빼앗긴 아렌트는 멈칫했다.

"물론 아렌트 경의 말버릇은 다소 문제가 있겠습니다만, 후작님도 과하셨습니다. 얼핏 듣기로 예민할 수 있는 개인사를 언급하신 것 같은데. 이는 어른스럽지 못한 행동이 아닐까요. 후작님 체통에도 손상이 갈 것 같군요."

조곤조곤한 음성이 이어졌다.

후작은 입을 몇 번 벙긋대다 이내 끙, 앓는 소리를 냈다.

말 몇 마디로 험악하던 분위기를 순식간에 풀어 버린 남자는, 자연스레 손을 뻗어 시종의 손에 들린 서류를 건네받았다.

"음, 젖어 있기는 하지만 글씨를 못 알아볼 정도는 아니네요. 한번 필사만 하면 해결될 것 같습니다. 후작님, 이건 황태자 전하께 드릴 서류였지요? 제가 대신 전해 드리겠습니다."

빠르게 서류를 훑어본 그가 다시 빙그레 미소 지었다.

후작은 떨떠름한 표정으로 고개를 끄덕였다.

"……알겠소. 이번 일은 그냥 넘어가겠지만 다음에는 가만히 있지 않을 것이네, 경."

뒷말은 아렌트를 향한 것이었다.

아렌트는 어깨를 으쓱했다.

"실례했습니다."

"……."

담백하기 그지없는 대꾸에 후작은 다시 화가 치민 듯 보였다. 하지만 더 실랑이하는 것도 의미가 없다고 생각했는지, 이내 몸을 홱 돌려 빠른 걸음으로 그 자리를 빠져나가 버렸다.

"저런, 화가 많이 나신 모양이네. 나중에 따로 선물이라도 챙겨 드려야겠어요."

멀뚱히 선 아렌트를 향해 돌아서며 남자가 빙긋, 사람 좋은 미소를 지었다.

아렌트는 그제야 그의 얼굴을 자세히 살필 수 있었다.

"처음 뵙겠습니다, 아렌트 폰 에크하르트 경. 저는 제레온 브리튼이라고 합니다. 젠이라고 부르셔도 괜찮아요. 과분하지만 황태자 전하를 가까이에서 모시고 있습니다."

30대 중반쯤 되었을까…… 차분한 인상을 주는 갈색 머리칼은 단정히 정리되어 있었고, 유순한 눈매 안에 자리 잡은 초록색 눈동자가 조용한 미소를 머금고 있었다.

'보좌관 젠.'

아렌트는 그 이름을 기억해 낼 수 있었다.

소설에서는 가끔 이름만 언급된 정도지, 그리 존재감이 큰 사람은 아니었다. 칸타레스의 심부름을 하거나 그를 대신해 가벼운 일 처리를 도맡아 하는 역할이었다.

제레온은 아직도 멍하니 선 시종에게 시선을 주었다.

"물건을 옮길 때는 앞을 주의해서 보도록 해요. 황궁에서 일하시는 분들은 어쩔 수 없이 예민할 수밖에 없답니다. 실수는 최대한 하지 않도록 해요."

"네…… 정말 죄송합니다."

살았다는 표정을 하며 대답한 시종은 잠깐 눈치를 보다가 고개를 들고 아렌트를 보았다.

시선을 느낀 아렌트가 힐끗, 시선을 주자 그제야 용기를 낸 시종은 더듬더듬 입을 열었다.

"저, 감싸 주셔서 감사합니다, 아렌트 경. 저 때문에 심한 말도 들으시고……."

"감싸 준 거 아냐. 그리고 너도 들었으면 알 거 아냐. 봉변당한 건 저 후작님 쪽이지. 본전도 못 찾았으니까."

아렌트가 손을 휘이휘이 내저었다.

그럼에도 시종의 얼굴에는 작지만 선명한 미소가 지어졌다.

"감사합니다."

"이만 슬슬 가 봐요. 쏟은 것도 정리해야 할 테고. 시종장에게는 내가 너무 나무라지 말라고 말씀드릴 테니 걱정하지 말아요. 다음에는 실수하지 말고."

"네, 보좌관님!"

그 뒤로도 몇 번이나 허리를 숙인 시종이 깨진 접시와 찻잔을 수습해 후다닥, 자리를 벗어났다.

 그가 멀어질 때까지 따스한 눈길로 지켜보던 제레온이 다시 아렌트를 보았다.

 "정말…… 전하께서 말씀하신 그대로네요."

 "말씀하신 대로라니요?"

 "황궁 한쪽이 시끄러우니 황태자 전하께서 가 보라고 하셨답니다. 분명 거기 있을 거라며 당장 데려오라고 하시던걸요."

 즉, 때 아닌 소란에 아렌트가 끼어 있을 거란 사실을 확신하고서 그를 보냈다는 뜻이었다.

 아렌트는 조금 머쓱해져서 턱을 긁적였다.

 제레온이 빙그레 미소 지었다.

 "함께 가시죠. 제가 안내하겠습니다."

 달리 할 말을 찾지 못한 아렌트는 고개를 끄덕였다.

 아렌트는 앞장서는 제레온의 뒷모습을 보며, 황태자와 그가 함께 있는 모습을 잠시 상상해 보았다.

 일전에 겪어 본 황태자는 상당히 자유분방하고 제멋대로인 인간이었다.

 '저런 사람이라 그를 보좌할 수 있는 건가.'

 사복 차림으로 난데없이 찾아오질 않나, 불쑥불쑥 황성을 빠져나가는 것도 익숙해 보였다. 은퇴한 요리사를 빼

돌려 몰래 아지트까지 만들어 놓은 걸 생각하면 말 다한 셈이었다.

그것도 옆에서 제레온이 협력하지 않았다면 쉽지만은 않았을 터였다. 보통의 꼬장꼬장한 사람이 상대였다면 불가능한 일이었겠지.

"아렌트 경께서도 다소 경솔하셨습니다. 물론 저 아이 편을 들어 주고 싶으셨던 건 알겠지만요. 자칫 라이오스 경까지 곤란해질 수도 있어요."

"편들어 준 거 아니라니까요."

"네네, 그러시겠죠."

제레온이 쿡쿡 웃었다.

"사실 라이오스 경도 그다지 신경 안 쓰겠지만요. 그분도 고집이 정말 센 편이라…… 그러니 기사들이 라이오스 단장을 그리 잘 따르는 거겠죠."

"……."

"모두가 황제 폐하를 위해, 그리고 제국의 평안을 위해 힘쓰고 있다는 건 압니다. 하지만 제3기사단은 라이오스 단장의 인품에 이끌려 그 자리에 머무는 이들이 많답니다."

아렌트는 이번에도 대답하지 않았다. 하지만 제레온은 그리 개의치 않는 듯했다.

"물론 이 정도야 제가 굳이 말하지 않아도 아렌트 경은 이미 아시겠지만요. 벌써 1년 가까이 함께 지내셨으니."

"······잘 아시면서 왜 새삼 저한테 그 말을 하시는지 궁금한데요."

"아하하. 다른 뜻은 없답니다. 그저 아렌트 경도 라이오스 단장의 마음을 좀 알아주시면 좋겠다는 마음에."

제레온이 사람 좋은 웃음을 그렸다.

어느새 두 사람은 인적이 드문 복도에 닿아 있었다. 황가의 문양이 새겨진 거대한 문 앞에 두 명의 기사가 꼿꼿이 버티고 서 있었다.

기사들은 아렌트를 힐끗 보고는 불쾌한지 인상을 찌푸렸다가, 이내 제레온이 함께 왔다는 것을 확인하고는 슬쩍 비켜섰다.

제레온은 그들에게 고개를 꾸벅 숙여 보이고는 똑똑, 문을 두드렸다.

"전하, 아렌트 경을 모셔 왔습니다."

"들어와."

허락이 떨어지자 제레온은 문을 열었다. 두꺼운 오동나무 문이 소리 없이 열렸다.

"이 치사한 배신자 자식. 그새를 못 참고 일러바쳐?"

집무용 의자에 푹 파묻혀 있던 칸타레스가 뚱하니 말했다. 굳이 예를 표할 상황도 아닌 것 같아서 아렌트도 그냥 고개만 까닥였다.

"뭘 새삼. 원래 그런 놈인 거 아셨잖아요."

"……그래, 말을 말자."

문을 다시 닫은 제레온이 칸타레스의 곁에 가서 섰다. 마치 그곳이 원래 자신의 자리라는 것처럼.

아렌트는 칸타레스에게 다가가며 집무실을 훑어보았다.

황성이나 생활관 내부도 그랬지만, 어디 박물관 도록에서나 보던 모습을 고스란히 옮겨 놓은 것 같았다.

집무실은 어지간한 홀보다 넓었다. 칸타레스가 앉은 거대한 책상은 반질반질하게 윤이 났지만, 아주 오래된 세월감도 아울러 느껴졌다.

한쪽 벽면을 가득 채운 책장은 온갖 서류와 서적들이 종류대로 분류되어 있었고, 한편에는 화려한 조각으로 장식된 벽난로가 보였다.

어마어마한 크기의 손님맞이용 소파와 테이블이 있는 것을 보니 응접실 역할도 겸하는 모양이었다.

번쩍번쩍한 샹들리에와 이곳저곳에 놓인 보석 장식이나 조각 등, 과한 화려함이 부담스러울 정도였다. 하지만 아렌트는 내색하지 않고 다시 이 집무실의 주인 쪽으로 시선을 던졌다.

그리고 또 조금 기분이 언짢아졌다. 칸타레스는 과할 정도로 휘황찬란한 이 공간과 완벽히 어우러져 있었다. 처음부터 그렇게 태어났다는 것처럼.

"뭐야. 왜 또 그런 아니꼽다는 눈으로 봐?"

"아무것도 아닙니다."

평소보다 조금 더 뻐딱한 목소리가 튀어 나갔다.

"그래서 왜 부르셨는데요?"

"받을 것도 있고, 줄 것도 있어서."

칸타레스가 손짓하자 제레온이 가지고 있던 서류를 칸타레스에게 넘겼다.

"쯧, 더러워졌네. 뭐, 내가 볼 건 아니니 상관없지."

한 번 혀를 찬 그는 그것을 다시 아렌트에게 건넸다.

아렌트는 미간을 살짝 찌푸리면서 그것을 받아 들었다.

"뭡니까?"

"그리그 후작도 제법 약이 오르겠네. 자기가 밤새도록 작성한 문서가 이놈에게 가는 거였다는 걸 알면 뒷목 잡고 넘어갈지도 모르겠어."

"일부러 그러신 겁니까?"

"얄미운 인간이라 조금 심술이나 부려 봤지. 야근이나 하면서 정신 차리라고. 설마 오는 길에 너랑 시비가 붙을 거라곤 상상도 못 했지만."

"그러다 미움받으셔도 전 모릅니다."

아렌트는 자신이 가지고 온 것을 칸타레스에게 건네주며 핀잔을 줬다.

칸타레스가 픽 웃음을 터뜨렸다.

"미움이야 이미 실컷 받고 있지. 상관없어."

"네네, 잘나셨습니다. 이건 뭔데요?"

"그리그 후작의 주 수입원이 토목 사업이라, 이런저런 명분을 붙여서 전체적인 정황을 보고서로 작성해 올리라고 시켰고, 그게 결과물이다."

칸타레스가 간단히 설명했다.

"가까운 영지나 도시의 사정에 꽤 밝은 사람이야. 각 영지의 상황이나 자금이 흘러가는 방향 등을 파악하기에 나쁘지 않을 거다. 그리고…… 그리그 후작은 어땠어?"

"어땠다니요? 질문을 하고 싶으면 좀 더 명확하게 해 주세요."

얼룩덜룩한 서류를 들춰 보던 아렌트가 고개도 들지 않고 입을 열었다.

"그리그 후작을 직접 봤을 거 아냐. 사실 집무실에서 우연을 가장해 마주치게 만들 생각이었지만."

"그랬죠. 뒷목 잡고 넘어갈 기세로 화내던걸요."

"기분이 별로 안 좋을걸. 지금껏 추진해 오던 사업이 있는데, 내가 허가를 안 내줬거든."

칸타레스가 작게 웃었다.

"단순히 심술로 그러신 것 같지는 않고, 왜입니까?"

"몇 년 전에 복지 시설을 짓는 용도로 개발하겠다던 땅이 엉뚱하게 쓰이고 있는 걸 알게 됐어. 그래서 더 추적해 봤는데."

잠깐 말을 멈춘 황태자가 손가락을 꼽아 보였다.

"보육원으로 쓰겠다는 곳은 농장이 되어 있었고, 지역 유지의 요청으로 루체 신의 성당을 짓겠다고 보조금을 받아 간 곳은 상가가 되어 있었어. 건물 소유주는 다른 명의로 되어 있었지만, 그것도 후작으로 추정되는 가명이더군."

거기에서 버는 돈은 모조리 후작의 주머니로 들어간다는 뜻이었다.

아렌트가 여전히 손에 들린 서류에서 시선을 떼지 않으면서 대꾸했다.

"얼핏 들으면 평범한 횡령에 탈세로 들립니다만. 그냥 후작 본인을 조지면 되는 것 아닙니까?"

"그런 것치고 후작의 자산은 거의 그대로였거든."

칸타레스의 말에 아렌트가 그제야 고개를 들었다.

"어디에 은닉한 건가 해서 따로 추적도 해 봤지. 그래도 영 찾을 수가 없더군. 그래서 후작이 쓰는 가명 쪽을 조사해 봤는데."

"거기에서 돈이 흘러 나갔다고요?"

"맞아. 그리그 후작의 가명인 요제프 줄리안이라는 이름 아래로 재산이 쌓였다가…… 엉뚱한 쪽으로 새어 나갔어."

턱을 괸 칸타레스가 슬쩍 인상을 찌푸렸다.

"황궁에서 조금 떨어진 외곽 쪽에 관광지용 정원을 조성하겠다던 귀족이 있었거든? 근데 그걸 추진하던 사람이 급사했고, 그 땅은 다른 사람이 매입해 공사를 계속하겠다고 했는데."

"후작이 거기에 투자하고 있었던 겁니까?"

아렌트가 그의 말을 받아 대신 말했다.

칸타레스의 고개가 끄덕여졌다.

"그렇지."

"거기엔 지금 뭐가 생기는데요?"

"정원."

"예?"

아렌트가 저도 모르게 얼빠진 소리를 냈다. 그런 반응을 예상했다는 듯 칸타레스가 앓는 소리를 냈다.

"어이없지. 놀랍게도 사실이야. 사람을 보내 염탐해 봤는데 멀쩡한 정원이 조성 중이더라고. 아직은 공사 중이지만."

칸타레스는 턱을 괴고는 이야기를 이어 갔다.

"게다가 정원을 만들겠다는 땅 주인도 정체불명이야. 인부들도, 근처 마을 사람들도 못 봤다고 하고. 매번 대리인을 세운다고 하더군."

"그 땅 주인이 그리그 후작일 가능성은요?"

"아마 없어. 확신할 수는 없지만. 일단 여기까지 알아

경멸도 관심이다 〈37〉

냈으니 후작을 횡령죄로 잡아 처넣기는 충분해. 하지만 그것뿐이지. 내 생각에는 더 파헤쳐 볼 가치는 있을 것 같거든."

거기까지 말한 칸타레스가 목소리를 조금 낮췄다.

"후작 하나만 체포하고 끝내기에는, 아무래도 그리 단순하게 생각할 수는 없더군. 알다시피 요즘 주변에 사건들이 제법 많았지?"

"……."

아렌트가 자신의 말을 경청하고 있다는 것을 확인한 칸타레스가 덧붙였다.

"그 정원에 투자한 사람이 후작만 있는 건 아니겠지. 그리고 그 땅 주인도 분명 어딘가에 있을 거야. 내 생각에는 그쪽이 진짜 같거든? 그래서……."

칸타레스의 얼굴에 장난꾸러기 같은 미소가 어렸다.

"조만간 황성 안에서 연회를 열 생각이야."

연회.

그 단어에 아렌트의 눈동자에 순간 이채가 서렸다.

'하긴, 시기상으로는 맞네.'

황성 연회는 원래 제국이 점점 구렁텅이에 빠져 가는 와중 열린 이벤트였다. 지금 제국은 겉으로나마 퍽 평화로운 상태이니, 연회도 열리지 않고 그냥 지나갈지도 모른다고 생각했는데.

소설에서 이 자리에 서 있던 사람은 바로 라이오스였다.

아렌트는 이미 처형당한 뒤였고, 아서의 죽음이라는 그림자가 제3기사단을 짙게 뒤덮었을 무렵이었다.

아렌트는 소설 내용을 상기했다.

칸타레스는 아렌트의 처형과 아서의 죽음으로 침울해진 라이오스를 따로 불러낸다. 칸타레스의 격려에 라이오스는 다시 힘을 얻고, 칸타레스는 그런 라이오스에게 새로운 명령을 내린다.

"네가 그 자리에서 귀족들을 감시해 줬으면 해."

……라고.

기억하던 대사와 딱 맞아떨어지는 목소리가 들려왔다.

묘한 쾌감이 밀려와 아렌트는 슬쩍 입꼬리를 휘었다.

아렌트의 개입으로 이스트 금고도 무사하고, 아서가 습격당해 죽는 일도 없어졌다. 그래서 그런지 명령을 내리는 칸타레스 역시 가벼운 어조였다.

"곧 계절도 바뀌겠다…… 연회를 열어 친목 도모나 해 보자는 거지."

이건 누군가의 죽음을 애도하며 굳은 얼굴로 내리는 명령이 아니라, 골칫거리 기사와 장난기 많은 황태자가 나누는 거래였다.

"귀족들도 초대하고, 그 가솔들도 초대하고, 유망한 젊은이들도 초대하고. 물론 주시해야 할 대상은 그리그 후작, 그리고 그와 어울리는 무리야."

칸타레스가 잘생긴 얼굴에 장난스러운 미소를 씨익, 드리웠다.

"여기서 네 역할이 중요해지는 거지. 황궁의 사고뭉치, 배신 기사, 죽음에서 살아 돌아온 반역자. 그런 너라면 눈치 보지 않고 여기저기 돌아다니며 신나게 들쑤실 수 있을 테니까."

"……."

"그렇게 해서 대충 몇 명 수상한 이들을 추려 내는 걸 도와주기만 하면 돼. 그 뒤는 내 일이야. 어때? 할 수 있겠나?"

아렌트는 잠깐 뜸을 들였다.

마치 뭔가 고민이라도 하듯, 눈을 아래로 내리깔았다가 뒷머리를 긁적이기도 하고 괜히 땅을 툭툭 차기도 했다.

그리고 아렌트가 다시 고개를 들었을 때, 이 빌어먹을 견습 기사는 특유의 퉁한 얼굴을 짓고 있었다.

명실상부, 뭔가 불만이 있다는 뜻이었다.

"……또, 뭐, 왜?"

"그러니까, 그 가려내는 작업을 나한테 시키시겠다는 거잖아요."

"일임하지는 못하겠지만, 일단은?"

"이것 참. 아무리 황태자 전하께서 분부하신 일이라고

해도 말이죠. 당장 절 죽이려 들 귀족이 몇이나 될 텐데."

아렌트가 능청스럽게 어깨를 으쓱하자 칸타레스의 얼굴이 벌레라도 씹은 것처럼 썩어 들어갔다.

"전하께서야 제일 안전한 곳에서 가장 강한 기사들에게 보호받겠지만, 저야 뭐 쥐도 새도 모르게 습격당해 죽어도 할 말 없겠네요. 저는 일개 견습 기사인 데다…… 심지어 배신자라는 재미있는 별명까지 있고."

"……."

제레온의 미소 띤 낯에도 식은땀이 조금 흘렀다.

"저, 아렌트 경. 혹시 원하시는 거라도 있으신지?"

"대단한 건 아니고. 사실 방금 생각난 건데요."

그 말만을 기다렸다는 듯 아렌트가 툭, 내뱉었다.

"수련 장소 좀 제공해 주세요. 누구의 눈에도 안 띄는 곳으로."

"뭐?"

아렌트의 입에서 나온 건 의외의 요구 사항이었다.

칸타레스가 눈을 끔뻑였다.

"왜?"

"내가 왜, 라는 거예요? 아니면 그게 왜 필요하냐, 라는 겁니까?"

"둘 다."

"우선 첫 번째에 대한 답은, 깽판 쳐 줄 사람 필요하잖아요. 아니면 달리 명령할 사람이 있으신지?"

그렇게 말하는 아렌트는 묘하게 기분이 좋아 보였다. 그에 반해 칸타레스는 실시간으로 속이 박박 긁히고 있었지만.

황태자의 미소가 맺힌 입술 끝이 파들파들 떨리기 시작했다.

"……."

"그리고 두 번째는, 뭐가 좀 필요해서요. 까닭은 나중에 말씀드릴게요. 뭐하면 직접 눈으로 보셔도 괜찮고."

칸타레스와 아렌트를 번갈아 보며 눈치를 살피던 제레온이 살그머니 끼어들었다.

"……옛날에 사용하시던 연무장이 비었습니다."

"거기 정비하라고 해. 내가 쓴다고 하고."

"알겠습니다."

제레온이 잽싸게 대답하고 다시 아렌트의 얼굴을 살폈다. 여전히 무표정한 낯이었지만 어째서인지 뿌듯함이 엿보였다.

그에 반해 처음의 의기양양함은 어디로 갔는지, 불만에 가득 찬 낯이 된 칸타레스가 부루퉁하게 물었다.

"우선 내 명령이 먼저야. 일이 만족스럽게 마무리된다면 출입 허가를 내 주지."

"네, 알겠습니다."

아렌트로부터 산뜻한 대답이 돌아왔다.
칸타레스가 구시렁거렸다.
"자신만만한데. 뭔가 좋은 방법이라도 있는 모양이지?"
"그럴 리가요. 하지만……."
잠깐 뜸을 들이며 아렌트는 고개를 살짝 기울였다.
"닥쳐 보면 무슨 수든 생기겠죠."
그렇게 말하는 아렌트의 황금색 눈동자가 반짝 빛났다.
칸타레스는 입을 꾹 다물고 그를 가만히 응시했다.
아직 소년티가 남은 고운 낯은 유난히 표정을 읽어 내기 힘들었다. 얼핏 보기에 그 나이의 치기에 어울리는 장난기가 매달린 것 같기도 했고, 또 한편으로는 진지하게 보이기도 했으며, 어떻게 보면 아무 생각이 없는 것 같기도 했다.
덕분에 칸타레스는 약간의 기대와 불안감을 동시에 느낄 수밖에 없었다. 아렌트가 이상한 방면으로 수완이 좋다는 건 이미 몇 차례의 일을 통해 확인했다.
'그러니 기대한 결과는 확실하게 가져와 줄 텐데.'
아렌트가 집무실을 나간 뒤, 칸타레스는 한동안 닫힌 문 쪽을 떨떠름하게 쳐다보았다.
"제레온."
"네, 전하."
"이거 잘하는 짓일까?"

가만히 있어도 충분히 깽판을 놓는 놈이었다. 그런데 지금 칸타레스가 하는 일은 그에게 판을 깔아 주는 것에 가까웠다.

"감당할 수 있겠지?"

"감당하셔야죠. 저는 분명히 말렸습니다."

상냥하지만 단호한 대꾸였다.

칸타레스가 한숨을 푹, 내쉬었다.

어쨌든 주사위는 이미 던져졌다. 이제는 결과를 기다리며 당장 해야 할 일을 하는 수밖에 없었다.

* * *

"아렌트."

"네."

라이오스의 침착한 부름에 아렌트가 무심히 대답했다.

라이오스는 평소와 같이 무표정이었다. 하지만 눈빛만큼은 무언가 치밀어 오르는 여러 말을 어떻게든 억누르는 것을 숨기지 못했다.

"곤혹스러운 상황에 놓인 시종을 도왔다고."

"딱히 그런 건 아닙니다만."

아렌트의 무감정한 대꾸를 들으며 라이오스는 침착함을 유지하려 애썼다.

약자를 돕는 것은 더없이 기사다운 일이다. 하지만 아렌트가 기사같이 행동했다는 건, 고양이가 풀을 뜯어 먹겠다고 선언했다는 것과 비슷한 일이었다.

"그리그 후작님께서 앓아누우셨다고 하더군."

"정신력이 그렇게 약하시다니. 보약이라도 권해 드릴 걸 그랬네요."

"……."

라이오스가 관자놀이를 꾹꾹 누르기 시작했다. 편두통을 가라앉히려 하는 그 시도는 이제 아렌트에게도 제법 익숙한 모습이었다.

칸타레스와 대화를 나눈 뒤로 며칠이 지났다.

아렌트는 그 뒤로 종종 황궁에서 그리그 후작과 마주쳤다. 그때마다 아렌트는 굳이 고개를 까닥이며 아는 척했고, 그리그 후작은 매번 아렌트의 가볍디가벼운 도발에 넘어갔다.

그리고 그게 약 다섯 번쯤 반복되자, 인생에 본인 마음대로 되지 않는 일이 별로 없던 후작은 결국 화병 때문에 앓아눕고 말았다.

황궁에는 이미 소문이 파다했다. 아렌트에게 놀림당한 그리그 후작이 화를 이기지 못해 자리를 깔고 누웠다고.

라이오스는 지끈대는 골을 주무르며 말을 이었다.

"어쨌든 주의해라. 황성 내부에 적이 늘면 곤란해지는

건 너야."

"괜찮습니다. 딱히 더 잃을 것도 없고. 나쁘지 않잖아요."

하지만 아렌트는 그저 태연자약하기만 했다.

"경멸도 관심이라."

"뭐?"

그 짧은 대답에는 점잖은 라이오스가 미처 입 밖으로 낼 수 없었던, '무슨 헛소리야?'라는 물음을 담고 있었다.

아렌트는 표정도 바꾸지 않고 입을 열 뿐이었다.

"일단 시선을 모으면 이리저리 써먹을 데가 많거든요."

"써먹는다고?"

귀에 묘하게 걸리는 단어에 라이오스가 슬쩍 인상을 썼다. 하지만 아렌트는 시치미를 뚝 떼 버렸다.

"누군가가 헛웃음이라도 터뜨렸으면 된 거죠. 어쨌든 뭐, 앓아누우셨다니 당분간 황궁에도 못 나오시겠네요. 마주칠 일 없을 테니 걱정 마시죠."

지금 이 꼴을 그리그 후작이 보지 못해서 다행이라고, 라이오스는 진심으로 그렇게 생각했다.

만약 그리그 후작이 이 꼴을 보기라도 한다면 분명 앓아눕는 정도로 끝나지 않을 터였다. 최소한 피를 토하며 쓰러지기라도 하겠지.

"……가 봐라."

"네."

라이오스가 모든 것을 포기한 사람처럼 말하자, 아렌트는 기다렸다는 듯 꾸벅 고개를 숙이고 쌩하니 집무실을 나가 버렸다.

쿵.

문이 닫혔다.

라이오스는 짧게 한숨을 내쉬며 의자에 등을 툭 기댔다. 아렌트가 남긴 한마디가 라이오스의 귓가를 맴돌았다.

"누군가가 헛웃음이라도 터뜨렸으면 된 거죠."

평소 그리그 후작의 인망이 좋은 편이라고는 농담으로도 말할 수 없었다.

게다가 시종과 하인 중에는 그에게 곤욕을 치른 사람이 제법 많았다. 그래서 그런지 황궁에서 일하는 이들은 후작이 일개 견습 기사 때문에 약이 올라 뒤로 넘어갔다는 게 그저 통쾌한 모양이었다.

적어도 지금, 황궁에서 일하는 시종들 중 아렌트를 욕하는 이들은 거의 없다고 봐도 괜찮을 터였다.

라이오스는 끙, 하고 앓는 소리를 냈다.

"조용할 날이 없군."

그는 다시 책상에 흩어진 서류 쪽으로 시선을 옮겼다.

가장 위에 놓인 것은 며칠 뒤 열릴 연회 대비 경비 태세와 관련된 공문이었다.

라이오스는 짧게 한숨을 내쉬며 서류를 집어 들었다. 그 연회에서 자신의 상관과 부하가 어떤 꿍꿍이를 꾸미는지는 미처 알지 못한 채로.

* * *

날씨가 제법 좋았다.

아렌트는 기지개를 한 번 켜고 뻑뻑해진 어깨를 빙글 돌렸다.

"귀찮게 하는 사람이 없으니 편하긴 하네."

"왜 그렇게 가뿐한 면상이냐……?"

문득 곁에서 들려온 다 죽어 가는 목소리가 아렌트를 상념에서 깨웠다.

힐끗 시선을 돌리자 얼굴이 시커멓게 죽은 아서가 보였다.

"날씨도 좋고. 몸도 가볍고. 안 그럴 이유가 어디 있어요?"

"……."

아서는 아렌트를 죽일 기세로 노려보았다.

두 사람은 함께 황궁 내부를 순찰하는 중이었다.

몇몇 트러블이 생기긴 했지만, 황궁은 겉보기만큼은 평화로웠다. 그러니 순찰 업무는 그냥 예의상 하는 산책과 크게 다르지 않았다.

그런데도 아서는 피곤해서 죽을 것 같다는 얼굴이었다. 딱히 이상한 일은 아니었다.

본의 아니게 아렌트와 함께 다니는 일이 잦아진 그였다. 덕분에 지난 며칠 동안 아서는 후작과 아렌트 사이에 끼어서 식은땀을 뻘뻘 흘려야만 했다.

후작과 아렌트의 시비를 바로 옆에서 본 것만 해도 서너 번이었다. 어떻게든 싸움을 뜯어말리려고 애쓴 아서였지만, 그런다고 말려질 두 사람이 아니었다.

"누가 끼어들라고 했나요. 참견 안 하면 그만이지."

"참견 안 하게 생겼냐고!"

결국 참다못한 아서가 빽, 고함을 쳤다.

아렌트는 한쪽 귀를 막는 시늉을 해 보였다.

"시끄럽게. 왜 흥분하고 그래요?"

"내버려 두면 무슨 짓을 할 줄 알고. 잠깐 눈 떼면 황궁도 어디다 팔아먹고 올지 모르는데!"

"내가 뭘 한다고 그래요. 후작님은 자택에서 요양 중이라면서요. 잘됐네요. 당분간 볼 일 없어서. 아서 선배도 속 시원하겠네."

"넌 얼굴 가죽이 철로 만들어지기라도 했냐?"

옆에서 아서가 뭐라 떠들어 대든 말든, 아렌트는 느긋하게 걸음을 옮겼다.

솔직히 조금, 아주 조금 과했다는 생각은 들었다.

경멸도 관심이다 〈49〉

하지만 어쩔 수 없었다. 그리그 후작이 워낙 격하게 반응해 주니, 그에 맞춰 원래 상정했던 것보다 좀 더 다양한 방법으로 후작을 놀려 댈 수밖에.

덕분에 아렌트는 지난 며칠을 희극 배우가 된 기분으로 보낼 수 있었다.

건방진 광대 기사와 어리석은 욕심쟁이 귀족.

시선을 잡아끌기에 이보다 좋은 막간극은 없었다.

'연회라…….'

아렌트는 주머니에 손을 푹 찔러 넣고 머리를 굴렸다.

무슨 일이 벌어질지는 대충 머릿속에 있었다. 하지만 상황이 달라졌으니 이야기가 그가 아는 대로만 흘러가지는 않을 터였다.

'그리그 후작에 대한 언급은 없었지.'

칸타레스가 아렌트에게 내린 명령은 소설 속에서 라이오스가 받은 것과 같은 거였지만, 자세한 내용은 그가 아는 것과 조금 달랐다.

소설의 칸타레스는 귀족들 사이의 불온한 공기를 읽어 냈다.

자금이 이상한 방향으로 흐르는 것도 눈치챘고 그걸 추적해 보려고도 했지만, 제국이 혼란한 상황이니만큼 뜻대로 되지는 않았다.

그래서 칸타레스는 연회를 열어 귀족들을 한데 모으고,

라이오스에게 그들의 움직임을 주시하라고 명령했다.

라이오스는 수상한 움직임을 보이는 귀족들을 발견했다. 그들을 미행한 라이오스는 귀족들이 횡령과 탈세로 돈을 빼돌리고 있다는 걸 알게 되었다.

관련자들은 모조리 체포되었다. 이후 조사 과정에서 그들은 탈세한 것은 맞지만 누군가에게 사기를 당한 거라고 입을 모아 말했다.

그리고 그 사기꾼은······.

'죽었던가.'

귀족들의 증언을 토대로 라이오스는 그 사기꾼의 꼬리를 잡는 데에도 성공했다. 하지만 사기꾼을 체포하러 출격한 기사들을 맞이한 것은 싸늘한 시신 한 구뿐이었다.

스스로 목숨을 끊은 모양새의 시신 앞에서 기사단이 더 할 수 있는 것은 별로 없었다.

결국, 수사는 그대로 종결되고 말았다.

'그 사기꾼이 황태자가 찾는 정원의 주인이겠지.'

아렌트는 천천히 머리를 굴렸다.

소설에는 나오지 않았던 '정원'이라는 정보가 추가된 지금, 어쩌면 그때 죽어 버린 사기꾼을 멀쩡한 상태로 잡아들일 수 있을지도 몰랐다.

'부서진 심장 어쩌고 하는 놈들이랑 관련 있을지도 모르고.'

사기꾼이 죽어 버린 탓에 그가 꿀꺽한 자금의 행방은 결국 영영 알 수 없게 되었다. 그러니 당시 전쟁 준비를 하던 놈들에게 흘러갔을 가능성도 결코 배제할 수 없었다.

거기까지 생각이 미친 아렌트는 아서 쪽을 힐끗 보았다.

아렌트와 눈을 마주친 아서가 미간을 구겼다.

"왜."

"아닙니다. 아무것도."

아렌트는 시치미를 떼고 고개를 돌렸다.

옆에서 아서가 뭐라 투덜거리는 소리가 들려왔다. 아렌트는 익숙하게 그 목소리를 무시해 버리고 다시 상념에 잠겼다.

지금 상황이 바뀐 것은 아렌트가 어떻게든 살아 보겠다며 발악한 결과였다.

처형당했어야 할 배신자가 깐족대며 귀족을 놀려 먹고, 순리대로라면 애도 대상이 됐을 이 젊은 기사 역시 두 눈을 시퍼렇게 뜨고 살아 있다.

이렇듯 이야기는 착실히 변해 가고 있었다. 곁에서 함께 걷는 아서가 바로 그 증거였다. 앞으로 더 많은 것이 바뀔 테고, 아렌트는 그 변화를 이 이야기를 승리로 이끄는 데 적극적으로 사용할 생각이었다.

아렌트는 주변을 크게 돌아봤다.

황궁은 며칠 뒤에 열릴 연회 준비로 시끌벅적했다. 오랜만의 행사라 그런지 다들 들뜬 분위기였다. 그렇다면 이쪽도 거기에 발 맞춰 사전 작업을 좀 더 해 볼 생각이었다.

라이오스와는 다른, 아렌트만의 방식으로.

'판은 크면 클수록 좋을 테니까.'

한 명 더 있었다.

아렌트에 의해 미래가 바뀌었고, 이런 상황에서 아렌트 마음대로 써먹을 수 있는 사람이.

아렌트의 입술이 휘어졌다.

그를 가만히 지켜보던 아서가 몸서리를 쳤다.

"저 새끼, 또 뭔 생각을 하는 거야……."

2장. 친애하는 후작님

친애하는 후작님

"후작님, 몸은 좀 어떠십니까?"

집사가 조심스럽게 운을 뗐다. 그의 시선 끝에는 소파에 몸을 푹 기댄 채 관자놀이를 꾹꾹 주무르는 주인, 그리그 후작이 있었다.

"젠장, 빌어먹을 꼬맹이 때문에 꼴이 말이 아니군."

"연회에 참석하실 준비도 거의 다 되어 갑니다."

후다닥 다가온 하인이 얼음물을 그에게 내밀고 물러섰다.

후작은 찬물을 한꺼번에 들이켠 다음 커다랗게 한숨을 내쉬었다.

"후우우…… 서신은?"

"예, 오늘 오전에 전서구가 도착했습니다."

대기하던 하인이 후작에게 공손히 쪽지를 내밀었다.
후작은 그것을 낚아채듯 받았다.
"됐으니까 꺼져라. 나는 일을 좀 해야겠다."
"물러가겠습니다."
고개를 푹, 숙인 이들이 혹여나 불벼락이 떨어질세라 우르르 방을 빠져나갔다.
다시 혼자가 된 뒤에야 그리그 후작은 쪽지를 펼쳤다.
"음……"
그리고 잠시 후, 줄곧 구겨져 있던 후작의 미간이 펴졌다.
쪽지의 내용은 간단했다.

지난달, 우리 투자에 합류 의사를 밝힌 분의 뜻은 잘 전달받았습니다. 앞으로도 잘 부탁드립니다. 황궁의 상황이 변하기 시작한 듯하니, 모쪼록 실수하지 않도록 주의하시길.

그 아래 새겨진 서명까지 확인한 후작은 흡족한 미소를 지짓고는, 쪽지를 테이블 위에 밝혀 둔 촛대 쪽에 가까이 가져갔다.
잠시 후, 화르륵 불이 붙으며 작은 종이는 약간의 재만 남긴 채 그대로 사라져 버렸다.
"황태자 전하께서 기껏 만들어 주신 좋은 기회를 놓칠

수는 없지."

후작은 푹신한 의자 등받이에 몸을 푹 기댔다.

마침 며칠 뒤에 열릴 연회는 그에게 아주 좋은 기회가 되어 줄 터였다.

문제는 없었다.

하지만 딱 하나, 쪽지에 덧붙여진 말이 조금 거슬렸다.

황궁 상황이 조금씩 변하기 시작했다…… 라.

후작의 인상이 다시 구겨졌다.

최근 황궁에서 벌어진 가장 큰 사건은 아렌트 폰 에크하르트의 재판이었다. 그가 감옥에서 나와 온 황궁을 휘젓고 다니기 시작했으니 당연히 제국의 법도가 온전치 못할 수밖에.

공사다망한 이들이니 고작 그런 견습 기사 하나를 신경 쓰는 건 아니겠지만, 황궁 상황이라는 말에 그리그 후작은 자연스레 그를 연상할 수밖에 없었다.

그 유들유들한 낯짝을 떠올리기만 해도 화가 치밀고, 팔걸이 위에 올라간 주먹에 힘이 꽉 들어갔다.

'그 애송이 기사 놈. 갈가리 찢어 죽여 버리고 말겠다.'

황태자와 라이오스가 그를 싸고도는 것 같지만 큰 문제는 없을 것이다. 상대는 고작 견습 기사일 뿐이었다.

격분에 찼던 후작의 낯이 점차 침착함을 되찾아 갔다.

'겁을 주는 것 정도면 문제없겠지.'

운이 없다면 죽겠지만.

 슬쩍 미소를 지은 후작은 손을 뻗어 펜을 쥐었다. 한쪽에 처박혀 있던 종이도 가져왔다.

 그는 이내 망설임 없이 서신을 써 내려가기 시작했다.

* * *

 며칠 뒤로 다가온 연회 준비로 황궁은 평소보다 더욱 소란스러웠다.

 황도에 기거하는 귀족과 유서 깊은 땅의 영주들, 그리고 황궁에서 일하는 관리들에게 초대장이 발송되었다.

 손님맞이를 준비하느라 시종들과 하인들은 이리 뛰고 저리 뛰었다. 기사들과 근위병도 늘어날 방문객에 대비해 경비 태세를 정비하느라 정신없는 시간을 보냈다.

 당연히 제레온과 칸타레스에게도 일거리가 쏟아질 수밖에 없었다.

 두 사람이 함께 있는 집무실은 그저 조용하기만 했다. 가끔 팔락팔락 종이 넘기는 소리와 펜으로 책상을 두드리는 탁탁, 하는 소음만이 조용한 공기 속에 은은히 파고들 뿐이었다.

 침묵을 먼저 깬 사람은 제레온이었다.

 서류에서 눈을 떼지 않으며, 제레온이 슬쩍 입을 열었다.

"그나저나…… 괜찮을까요?"

"뭐가?"

"아렌트 경 말입니다."

제레온은 서류에서 시선을 떼지 않은 채 대화의 주어를 입에 올렸다.

칸타레스 역시 글자에 시선을 고정한 채 대답했다.

"지금 와서 새삼? 내가 정한 일이니 그냥 받아들이라고 말한 건 너였잖아."

"그건 그렇지만, 그래도 전하의 변덕에 휘둘리기엔 지나치게 젊은 게 아닌가 싶습니다."

"내 걱정이 아니라 그 녀석 걱정이었어?"

칸타레스가 그제야 서류에서 눈을 떼고 직언을 올린 심복을 보았다.

제레온이 어색한 미소를 지었다.

"황궁에서 지나치게 주목받아 봤자 좋을 건 없으니까요."

"글쎄, 본인도 어느 정도 즐기는 눈치던데. 본인이 버거우면 알아서 도망치겠지. 그 정도 수완은 있는 녀석이니 신경 안 써도 돼."

칸타레스가 심드렁하게 대꾸했다.

"그래서…… 그 문제의 아렌트 경은 지금 뭘 하는데?"

"보석상 위치를 물어보시던걸요."

"보석상? 그건 왜?"

"글쎄요. 뭔가를 파실 생각일 모양이던데 자세히는 듣지 못했습니다."
"견습 기사 월급이 부족하대?"
새삼 돈이 궁할 것 같진 않은데.
잠깐 인상을 찌푸리며 생각하던 칸타레스가 이내 고개를 내저었다.
"됐어. 골치 아프니 생각 안 할래."
"하하하. 그러면 다른 이야기는 어떠세요?"
눈썹을 휘며 짧게 웃음을 터뜨린 제레온이 상관에게 다른 서류를 건넸다.
"황실 기사단 쪽에서 올라온 보고서입니다. 조만간 한 상단과 계약해서 따로 물건을 공급받을 예정이라고요. 듣자 하니 노이만 점장이 새로 만든 상단이라고 합니다."
"상단? 아, 그러고 보니 그런 이야기가 있었지. 노이만 점장도 새로운 사업이 잘 풀려 가는 모양이군."
아렌트와 점장이 나눈 거래는 칸타레스도 알고 있었다.
제레온이 고개를 끄덕였다.
"워낙 수완이 좋은 인물로 소문이 자자했으니까요. 그래서 노이만 점장에게도 초대장을 발송했습니다. 귀족들도 그의 새로운 사업에 관심을 보이겠지요."
"잘했어. 점장에게도 좋은 기회가 되겠지. 투자자를 모을 수 있을 테니까."

"사실 이것도 아렌트 경께서 제안하신 겁니다. 보석상 위치를 물으실 때 슬쩍 지나가는 말처럼 덧붙이시던걸요."

"……."

"아마 그쪽이 본론 아니었을까요."

바지런히 움직이던 칸타레스의 손이 멈췄다.

슬쩍 그의 눈치를 살핀 제레온이 조심스레 덧붙였다.

"그리고 하나 더 있습니다만……."

"뭔데?"

"노이만 점장의 사업에 관한 이야기가 퍼진 게 바로 며칠 전부터였습니다. 아마 연회가 본격적으로 계획되기 시작한 무렵부터인 것 같습니다."

그렇다면 그 소식의 근원지가 어디인지는 가히 짐작할 만했다. 도대체 무슨 방법을 쓴 건지는 알 길이 없었지만.

칸타레스는 결국 펜을 내려놓고 커다랗게 한숨을 내쉬었다.

"젠, 다른 이야기라면서. 결국 처음부터 끝까지 그 자식 이야기잖아."

"아하하…… 그럴 생각은 아니었습니다만…… 어쩌다 보니."

제레온이 어색하게 웃는 소리를 흘려들으며 칸타레스는 또다시 한숨을 푹, 내쉬었다.

도대체 뭘 하고 다니는 건지.

친애하는 후작님 〈63〉

칸타레스는 떨떠름한 표정으로 다시 펜을 쥐었다.

"여하튼 괜찮겠지. 일단 목줄을 잡은 건 나니까."

"글쎄요, 확신하긴 좀 이를지도 모릅니다."

제레온이 그렇게 조언했지만 칸타레스는 슬쩍 외면해 버렸다.

* * *

"그, 아렌트 경. 정말 그것만으로 괜찮습니까?"

우물쭈물 눈치를 살피던 소년이 조심스럽게 물었다. 그러자 아렌트가 손을 휘휘 내저었다.

"충분해. 비밀로 하는 것, 절대로 잊지 말고."

"네, 네! 물론이죠."

소년, 시튼이 황급히 고개를 끄덕였다.

아렌트를 바라보는 송아지 같은 눈동자가 초롱초롱 반짝였다. 마치 개선장군을 마주하는 마을 소년 같은 눈빛이었다.

"아렌트 경께 도움이 될 수 있었다니 정말 영광입니다. 저는……."

"아, 됐어. 쓸데없이 영광은."

하지만 정작 그 흠모 가득한 시선을 고스란히 받는 아렌트는 귀찮다는 듯 손을 휘휘 내저을 뿐이었다. 그래도 시튼의 열띤 눈빛은 식을 줄을 몰랐다.

황궁에 들어온 지 얼마 안 된 시튼이지만, 아렌트와 관련된 소문은 충분히 들어 알고 있었다.

안하무인에, 단장에게도 함부로 굴고, 심지어는 정체 모를 적에게 정보를 팔아넘기려다가 재판까지 섰다는 이야기까지…… 견습 기사가 벌인 끊이지 않는 행패 이야기는 갓 입성한 소년을 겁에 질리게 만들기에 충분했다.

'다 거짓말이었던 거야.'

물론 성격이 괴팍하다는 것은 사실인 것 같지만, 시튼에게 은인이라는 사실은 영원히 변하지 않았다. 그리그 후작에게 찍힌 이상, 그날 당장 쫓겨났더라도 항변 한번 못 했을 테니까.

그리하여 시튼은 어떻게든 아렌트에게 은혜를 갚기로 마음먹었다. 그리고 그 기회는 생각보다 빨리 찾아왔다.

사건이 있고 바로 며칠 뒤, 시튼은 본성에서 아렌트와 우연히 마주쳤다. 반가운 마음에 바로 달려가려던 찰나, 아렌트 역시 그를 발견하고 아는 척을 해 왔다.

"너, 잠깐 나 좀 따라와."

……하고.

솔직히 으슥한 곳으로 질질 끌려갈 때는 좀 쫄았다.

아무도 없는 곳으로 시튼을 데려간 아렌트는 품에서 뭔가를 슥, 꺼냈다.

"이거 좀 사람 많이 지나다니는 데 갖다 놔."

"예?"

"식당이든, 회의실이든, 아무 곳이나 괜찮아. 귀족들이 많이 가는 곳이면 돼."

시튼은 얼떨결에 그것을 받아 들었다. 노이만 덴 이스트 점장이 새로이 사업을 시작한다는 홍보용 책자였다.

시튼이 얼떨떨하게 물었다.

"물론 어려운 일은 아닙니다만, 이걸 왜……."

"그냥 부탁받은 거야. 내가 시킨 일이라는 건 아무한테도 말하지 말고."

설명은 그게 다였다.

시튼은 어리둥절한 상태에서도 그 지령을 어렵지 않게 수행해 냈다.

그리고 오늘, 시튼은 한 번 더 아렌트의 호출을 받은 것이다.

이제 아렌트의 열성적인 추종자가 된 어린 시종은 의욕이 넘치는 얼굴로 한 발짝 더 다가가며 말했다.

"더 시키실 것 있으면 얼마든지 말씀해 주세요!"

"딱히. 자, 이건 수고비."

시큰둥하게 대꾸한 아렌트가 주머니에서 뭔가를 하나 꺼내 그에게 쥐여 주었다. 그러자 시튼의 눈이 커다래졌다.

"기사님! 이런 건 필요 없습니다! 저는 그냥 도와 드리고 싶어서…….."

"됐어. 나 부자야. 아니면 다음에 또 받은 것만큼 도와주든가. 나는 간다."

아렌트는 자리를 털고 일어나서 뒤도 돌아보지 않고 휘적휘적 가 버렸다.

제 손에 쥐어진 것을 확인한 시튼의 얼굴에 환한 미소가 피어났다. 깨끗한 은화 하나가 손바닥 위에서 햇빛을 받아 반짝이고 있었다.

아렌트는 제 뒤에서 손을 붕붕 흔드는 소년을 힐끗 곁눈질했다. 뭐가 그리 좋은지 주먹에 은화를 꼭 쥔 채 환하게 웃는 얼굴이었다.

피식 웃은 아렌트는 다시 시선을 앞으로 옮겨, 깨끗한 돌로 단장된 황궁의 길을 따라 걸음을 옮겼다.

'부자라…….'

자기 자신을 소개하는 데에 그런 단어를 붙여 본 건 이번이 처음이었다.

'치장하는 데에 관심이 많았다더니.'

방을 좀 뒤져 보니 보석이 주렁주렁 달린 액세서리가 우수수 쏟아져 나왔다. 재래온이 알려 준 보석상에서 감정해 보니 하나도 빠짐없이 최고급품이었다.

아렌트는 그중 몇 개만 남겨 놓고 죄다 팔아 버렸다. 덕분에 써야 할 곳에 돈을 죄다 들이붓고도 제법 많은 돈이 남았다.

'하긴, 머리 묶는 것도 싫어한다고 했던가.'

이유는 단순했다. 머리끝 상한다고.

진짜 염병도 그런 염병이 없었다. 결과적으로는 도움이 되긴 했지만.

'이만하면 됐겠지.'

사전 작업은 이제 얼추 마무리된 듯했다. 이제 남은 건 연회가 열릴 당일을 기다리는 것뿐인…… 것 같았지만.

아렌트는 문득 위화감을 느꼈다.

그는 천천히 걷는 속도를 늦췄다. 그리고 얼마 지나지 않아 우뚝, 아예 그 자리에 멈춰 버렸다.

어느 순간부터 사람은커녕 쥐새끼 한 마리도 보이지 않았다. 그럼에도 악의가 진득하게 뒤섞인 노골적인 시선이 느껴졌다.

"……."

주변은 그저 고요했다.

고요하기만 했다.

바람 소리, 새소리…… 자연스럽게 들려야만 하는 자잘한 소음조차 느껴지지 않았다.

일부러 눈에 띄지 않는 장소를 찾기는 했다. 다른 사람에겐 눈에 띄지 않고 시튼에게 심부름값을 건네줄 필요가 있었으니까.

하지만 그것을 감안해도 과하게 조용했다.

다음 순간, 아렌트는 옆구리 쪽에서 느껴진 살기에 반사적으로 검을 뽑아 휘둘렀다.

카앙!

빠르게 쇄도하던 무언가가 아렌트의 검에 맞고 튕겨 나갔다.

툭.

잘 벼려진 비수 하나가 잔디밭에 떨어졌다. 모골이 송연해지는 광경이었다.

"와……."

솔직히 좀 과하게 놀려 먹었다는 사실은 인정할 만했다. 하지만 아무리 그래도 그렇지.

아렌트가 저도 모르게 중얼거렸다.

"빌어 처먹을 아저씨. 이렇게까지 한다고?"

* * *

침묵.
그저 침묵뿐이었다.
루체 신마저 입을 다문 것 같은 싸늘한 고요함이 흘렀다.
라이오스는 그제야 함정에 빠졌다는 사실을 깨달았다.

대략 그런 느낌의 구절이 있었다.

그걸 빠르게 떠올린 덕분에 아렌트는 자신이 결계 안에 마련된 함정에 갇혔다는 것을 알아차릴 수 있었다.

그렇다고 해서 썩 도움이 된다는 뜻은 아니었다.

'쳇, 결계인가.'라는 헛소리도 한 번쯤 지껄여 볼 수도 있었지만 그럴 상황도 아닌 것 같았다.

"이런 좀생이 같은 아저씨……."

아렌트는 검을 다잡으며 욕을 퍼부었다.

적의 모습은 전혀 보이지 않았다. 투명화 스크롤을 사용한 모양이었다.

"……!"

아렌트는 또다시 목을 노리고 날아드는 예기를 검으로 쳐 냈다.

카아앙!

둔탁한 소리와 함께 아렌트의 검에 막힌 누군가가 뒤로 물러섰다.

짧게 안도하려는 찰나, 바로 옆에서 섬뜩한 냉기가 느껴졌다. 급하게 몸을 비틀었지만 눈에 보이지 않는 비수가 서걱, 팔을 길게 베고 지나갔다.

"와, 씨……."

후두둑.

새빨간 핏방울이 바닥에 떨어졌다. 하지만 미처 통증을

느낄 새도 없었다.

부웅, 하고 칼날이 다시 닥쳐오는 기척에 황급히 뒤로 물러서야만 했으니까.

그 와중에 감각만으로 회피가 가능한 자기 자신이 놀라웠다.

'교묘하게 급소를 비껴서 노리고 있어.'

아무래도 이놈들은 아렌트를 당장 죽이기보다 가지고 놀고 싶은 모양이었다.

비수 하나를 더 쳐 냈다.

까앙!

요란한 쇳소리가 공기를 찢었다.

덕분에 잠깐 혼란스러웠던 머리가 차분히 가라앉았다.

'생각하자.'

침착해졌다고 해서 곤란한 상황이 아니라는 건 또 아니었다.

아렌트는 바닥을 뒹구는 비수를 힐끗 곁눈질했다.

공격해 온 위치와 타이밍을 봐선 검을 쓰는 사람이 둘, 비수를 던져 대는 놈이 최소 하나, 비수를 쥐고 달려드는 놈까지 적어도 네 명은 되는 섯 같았다.

문제는 여전히 어디서 공격해 오는지 보이지 않는다는 점이었다.

투명화 스크롤을 파훼하는 방법이 딱 하나, 있긴 했다.

문제는 그게 라이오스나 다른 단장쯤 되어야 가능한 수라는 점이었다.

'강한 마력의 폭풍.'

아렌트는 검을 꾹 쥐었다.

라이오스는 강한 검기를 일으켜 공간을 찢는 방식으로 결계를 박살 내고 투명화 스크롤을 사용하는 적을 제압했다. 하지만 그에 비해 마력량이 적은 아렌트에게는 턱도 없는 일이었다.

물론 다른 수단도 있었다.

하지만 그쪽도 사실 내키지 않았다.

'가능한지도 잘 모르겠고.'

머리를 열심히 굴리는 동안에도 적들은 쉴 틈을 주지 않았다.

앞으로 불쑥 다가오는 기척에 아렌트는 몸을 뒤로 뺐다. 하지만 뒤에도 적이 있는 것은 마찬가지였다. 뜨끔한 통증과 함께 이번에는 왼쪽 뺨에 길게 상처가 생겼다.

망설일 시간이 그리 길지 않다는 뜻이었다.

"쳇."

아렌트는 검을 다잡았다. 그러고는 감각을 한껏 곤두세웠다.

파박.

사방에서 발을 박차고 한꺼번에 달려드는 기척이 느껴

졌다.

 한순간 마력을 끌어올리니 이제는 제법 익숙해진 한기가 느껴졌다. 손에서 피어난 살얼음이 슬금슬금 영역을 넓혀 어느새 검까지 새하얗게 뒤덮었다.

 암살자들이 지척까지 다가왔을 때, 아렌트는 틈을 놓치지 않고 검을 커다랗게 휘둘렀다.

 순백의 궤적이 허공을 갈랐다.

 쩌억.

 무언가가 얼어붙는 소리가 희미하게 귓가를 파고들었다.

 그리고 잠시 후.

 아렌트와 몇 걸음 떨어진 곳에 당황한 표정의 암살자들이 모습을 드러냈다.

 근위병으로 위장하고서 검을 쥔 사람이 둘, 시종 옷을 입고 비수를 든 자가 또 두 명이었다.

 아렌트는 천천히 자세를 바로잡았다.

 현재 딛고 선 자리를 중심으로 새하얗게 서리가 내려앉았다. 지면에 떨어진 아렌트의 핏자국도 얼어붙었다.

 갓 성년이 된 견습 기사가 내보일 만한 실력이 아니었다. 그 모습에 암살자들은 간담이 서늘해질 수밖에 없었다.

 아렌트의 입술 사이로 철에 맞지 않는 입김이 흘러나왔다.

"아, 이게 되네."

"……."

 상황에 맞지 않는 담백한 한마디에 암살자들은 순간 멍해지고 말았다.

 그러거나 말거나 아렌트는 제 손을 몇 차례 쥐었다 폈다 하며, 새하얗게 얼어붙은 제 검을 신기한 듯 요리조리 살필 뿐이었다.

"미친. 바닥은 왜 얼었어?"

"……마법? 아니, 검기인가?"

 근위병 차림의 암살자가 멍청히 중얼거렸다.

 아렌트는 그제야 저를 포위한 암살자들을 보았다.

"알아서 뭐 하게."

"뭐?"

"이걸 봤으니 이제 곱게 돌려보낼 수 없겠어."

 우드득, 우드득.

 아렌트가 목을 좌우로 꺾었다.

 아, 이거 대사가 좀 잘못된 것 같은데…… 한 박자 늦게 그런 생각이 들었지만 이미 늦은 뒤였다.

"힘 조절 잘 못하니까, 죽어도 날 원망하진 말고."

"……어린놈이 지나치게 기고만장하군."

 우두머리인 듯한 암살자가 동료들을 향해 눈짓했다.

 당황도 잠시, 그들 역시 침착함을 되찾고 다시 자세를

잡았다.

투명화 스크롤은 무용지물이 되었지만 어차피 상대는 한 명. 게다가 실전 경험도 거의 없는 견습 기사일 뿐이었다.

아렌트가 몸에 느슨하게 힘을 푸는 것과 동시에 암살자들이 다시금 땅을 박찼다.

아렌트는 몸을 비틀어 공격을 수월히 피해 냈다.

검파로 한순간 보인 등을 콱, 찍은 아렌트는 주먹을 말아 쥐고 적의 안면을 후려갈겼다.

뻐억, 코가 부러지는 소리와 함께 암살자의 얼굴이 새하얗게 얼어붙었다. 거하게 얻어맞은 그는 비명도 지르지 못하고 제 안면을 감싸 쥐며 바닥을 뒹굴었다.

"아, 씨."

마력이 훅 빠져나가는 감각에 아렌트의 얼굴이 창백해졌다. 그렇지 않아도 아까 투명화 스크롤을 무효화시킨 일격 때문에 마력 소모가 극심한 상태였다.

하지만 여유 부릴 틈은 없었다.

이번에는 오른쪽에서 덤벼드는 암살자의 공격을 피하고 몸을 비틀어 반대쪽으로 검을 찔러 넣었다.

푸욱.

목이 꿰뚫린 암살자가 피를 뿌리며 싱겁게 쓰러졌다. 차갑게 식은 피부에 뜨거운 피가 튀었다.

아렌트는 몸을 확 숙였다.

부웅.

암살자의 검이 머리 위를 아슬아슬하게 스쳤다.

그대로 바닥을 구른 아렌트는 찰나의 순간, 암살자의 발목을 붙잡았다.

암살자의 발이 순식간에 딱딱한 얼음덩어리가 되어 버렸다.

"어?"

암살자가 눈을 크게 떴다.

다음 순간, 뻐억! 그의 명치에 강한 일격이 꽂혔다.

그가 스르르 바닥에 쓰러지고, 이제 남은 사람은 단 한 명뿐이었다.

아렌트와 눈을 마주친 마지막 암살자는 주춤, 뒤로 물러섰다.

아렌트는 씨익, 웃으며 검을 고쳐 쥐었다.

"결계를 펼친 게 그쪽인 모양이지?"

"……."

근위병 차림의 암살자가 주춤주춤, 뒷걸음질 쳤다. 하지만 그것도 잠시, 자신이 긴장했다는 사실 자체에 수치심을 느낀 듯 이를 악물고는 아렌트를 향해 달려들었다.

"죽어라!"

아렌트는 검을 쳐들고 그에 응수했다.

채애앵!

두 사람의 검이 맞부딪치며 요란한 쇳소리를 냈다.

아렌트는 양발을 바닥에 단단히 고정시키며 버텼고, 암살자는 암살자대로 그에 아랑곳하지 않고 힘으로 밀어붙였다.

아니, 밀어붙이려 했다.

그렇게 이를 악물고 힘을 쓰던 그는 이내 자신에게 닥친 이변을 깨달았다.

'춥다.'

갑자기 주변의 온도가 뚝 떨어졌다.

오래 버티면 버틸수록 서늘한 냉기가 암살자의 체온을 뚝뚝 떨어뜨렸다. 급기야는 딱딱, 이빨까지 아래위로 부딪치며 소리를 내기 시작했다.

그것을 잠시 구경하던 아렌트가 툭 내뱉었다.

"그러다 얼어 죽는다."

"뭐?"

맞닿은 검이 서서히 얼어붙고 있었다. 그것을 알아차린 암살자가 급하게 물러서려 했지만, 검을 타고 흐르는 냉기는 검을 쥔 손까지 새하얗게 얼려 버린 뒤였다.

암살자의 얼굴이 창백해졌다.

"젠장, 이게 뭐야! 이 빌어먹을 애새끼가 도대체 무슨 짓을……."

발악하는 그의 뒷목에 아렌트의 손날이 퍽, 소리를 내며 꽂혔다.

남자는 그대로 풀썩 쓰러졌다.

마지막 상대까지 조용해지자 아렌트는 숨을 고르며 뺨을 타고 흘러내린 피를 훔쳐 냈다.

"하, 장관이네."

목을 꿰뚫린 놈은 상처에서 피를 쏟아 내며 죽 뻗었고, 안면을 얻어맞은 놈은 얼어붙은 얼굴을 쥐고 아직도 발버둥 치는 중이었다.

제각기 기절해 널브러진 남은 두 사람은 각각 팔뚝, 정강이가 새하얗게 얼어 버린 상태였다.

제가 만들어 낸 광경을 멍하니 보던 아렌트는 문득 주변의 소음이 돌아왔다는 사실을 깨달았다.

바람이 스치는 소리와 먼 곳에서 들려오는 누군가의 잡담…….

마력이 동날 때까지 끌어다 쓴 탓인지 머리가 띵했다. 당장 주저앉아 속을 게워 내고 싶었지만 어떻게든 정신력으로 몸을 다잡았다.

멍하니 허공을 바라보며 천천히 숨을 고른 아렌트는 다시 바닥으로 시선을 떨어뜨렸다.

"쯧."

숨이 끊어진 암살자들의 모습이 눈에 들어왔다.

죽이지 않았다면 본인이 꼼짝없이 뒈질 게 뻔한 상황이었다. 그러니 이놈들을 동정할 이유도, 사람을 베었다는 사실을 꺼림칙하게 여길 필요도 없다.

 아렌트는 검을 털어 내는 것으로 손끝에 남은 불쾌한 감각을 떨쳐 냈다.

 그런 것보다, 일단 이 상황을 어떻게 해결해야 할지가 더 문제였다.

 '자, 이제 어쩐다…….'

 예상치 못한 이 습격의 배후가 누구인지는 자명했다. 그걸 어떤 식으로든 써먹을 방법이 있을 텐데.

 바로 그때, 요란한 비명이 터졌다.

 "꺄아아아악! 사람이, 사람이 죽었어요!"

 "아…….'

 빨랫감을 옮기던 시녀가 사색이 된 채 소리를 질러댔다.

 아렌트는 제 행색을 한번 돌아보았고, 바닥에 널브러진 놈들도 새삼 힐끗 확인했다.

 팔은 여전히 지혈이 안 되어 피가 줄줄 새는 상태였다. 덕분에 제복의 한쪽 소매는 붉은색으로 완전히 물든 채였고, 얼굴에는 아까 죽인 놈에서 튄 피가 묻어 있었다.

 바닥에 널브러진 놈들과 자신을 비교했을 때 어느 쪽이 더 무섭게 보이는지는 굳이 생각해 볼 필요도 없었다. 게다가 암살자들은 시종이며 근위병으로 위장해 잠입한 상황.

그러니까.

"미친 기사가 사람을 죽였다!"

……이런 소리를 들어도 아렌트는 당장 할 말이 없는 상태였다.

이마를 턱 짚었다.

악을 쓰며 빨랫감을 내던진 시녀가 혼비백산해 달아났다. 조금만 기다리면 근위병이며 기사들이 몰려올 게 뻔했다.

"에휴, 인생 진짜……."

엉망진창이 된 잔디밭에 털썩 주저앉아 주위를 둘러봤다.

"나 참, 후작씩이나 되어 가지고……."

제 성질을 못 이겨 시종에게 손찌검이나 하려 들던 놈이니, 자기 기분을 조금 나쁘게 했다는 이유 하나만으로 암살자를 보냈다는 것도 그리 이상한 일은 아니었다.

먼저 시비를 건 건 그쪽이었다.

그렇다면, 그에 맞춰 응수해 주는 수밖에.

* * *

우당탕탕!

평화롭던 제3기사단 생활관에 근위병이 들이닥쳤다. 갑작스러운 소란에 놀란 기사들이 눈을 휘둥그레 떴다.

그들이 무슨 일이냐고 묻기도 전, 근위병이 악을 썼다.

"큰일 났습니다! 아렌트 폰 에크하르트 경이 사람을 죽였습니다!"

"뭐?"

"사람, 사람을 죽였습니다! 그것도 네 명이나 당했습니다!"

생활관에 남아 있던 기사들이 얼빠진 소리를 냈다.

그중에서 가장 먼저 정신을 차린 사람은 라이오스였다.

"아서!"

"예, 예!"

화들짝 놀라 대답한 아서가 번개같이 몸을 움직였다.

근위병을 뒤따라간 아서가 마주한 것은 한 무리의 근위병들과 대치 중인 아렌트였다.

"내가 습격당한 거라고, 내가!"

"이런 미친 기사 같으니, 언젠가는 이런 일이 벌어질 줄 알았다!"

아렌트는 자신을 포위한 근위병들을 향해 으르렁댔고, 근위병들은 무기를 치켜들고 험악하게 고함을 쳐 댔다.

그 광경을 목격한 아서는 조금 아득해질 수밖에 없었다.

'무슨 우리에서 탈출한 짐승 잡는 것도 아니고.'

어쩐지 기시감이 느껴졌다.

아주 어린 시절에 본 광경. 동네 마구간에서 미친 황소가 울타리를 부수고 도망치고, 그걸 붙잡는다며 야단법석을 떨던 어른들…….

하지만 정작 황소를 포위하고 나니, 그 어른들은 날뛰는 놈의 뿔에 박치기라도 당할까 제대로 다가가지도 못했다. 솔직히 아렌트의 평소 행실을 생각하면 그때와 썩 상황이 다른 것 같지도 않았다.

그런 엉뚱한 상념에서 아서를 깨운 것은 인내심이 슬슬 바닥나기 시작한 아렌트의 목소리였다.

"아, 진짜! 그럴 거면 덤비든가! 마지막까지 두 발로 서 있는 사람 쪽 말이 맞는 걸로 해!"

"야, 야야! 진정해!"

아서가 부리나케 사람들 사이로 뛰어들었다.

아서의 얼굴을 본 아렌트가 씩씩대면서 검을 갈무리했다.

가까이에서 보니 그 역시 멀쩡한 몰골은 아니었다. 팔뚝에서 피를 질질 흘려 대는 후배를 본 아서가 혀를 쯧, 차고 손을 휘휘 내저었다.

"해산, 해산! 시체는 처리하고, 이놈들은 감옥에 처박아 둬!"

"예? 하지만 아서 경……!"

"너희들은 녹봉을 받아먹는 주제에 상황 파악도 제대로 못 하냐? 경비 근무만 하느라 교육받은 건 다 까먹었어? 저기, 시체가 칼 쥐고 있는 건 눈에 보이지도 않아?"

아서는 항변하려는 근위병의 엉덩이를 걷어차 버렸다. 그제야 근위병들도 슬금슬금 무기를 집어넣기 시작했다.

아서가 한 번 더 일갈했다.

"빨리 꺼지기나 해!"

* * *

성공적으로 상황을 수습한 아서는 아렌트를 생활관으로 데려갔다.

호기심과 의아함에 기웃대는 다른 기사들을 모조리 물린 라이오스는 그와 아서, 리히트만 데리고 자신의 집무실로 들어갔다.

리히트에게 응급 처치를 받으면서도 아렌트는 한동안 분을 삼키지 못하고 씩씩댔다.

"습격당한 사람한테 뭐? 미친 기사?"

"그…… 몰라서 그랬다잖아. 좀 봐줘라. 평범한 사람이 보기엔 무서울 수도 있지. 근위병에 시종으로 위장 중이었다면서."

"아니, 내가 뭘 했다고요. 아야!"

아서가 어색한 표정으로 위로를 건넸다.

짜증 가득한 눈으로 아서를 노려보던 아렌트는 순간 팔에서 전해지는 찌릿한 통증에 비명을 질렀다.

"아프잖아요!"

"다 됐으니 엄살 부리지 마라."

리히트는 남은 붕대를 다시 갈무리하고 아렌트에게 깨끗한 셔츠를 던져 주었다. 아렌트는 투덜거리며 주섬주섬 셔츠를 입었다.

가만히 지켜보던 라이오스가 드디어 입을 열었다.

"다른 부상은. 움직임에 지장은 없나?"

"괜찮아요. 크게 다친 것도 아니고."

단추를 채우며 아렌트가 퉁명스레 대꾸했다.

원래 세계였다면 당장 병원으로 달려가 꿰매야 할 정도의 상처였다. 하지만 이쪽 세계에서 마력으로 단련된 인간은 신체의 강도나 회복력의 수준이 달랐다.

게다가 사용한 붕대도 마력 사용자의 치유력을 비약적으로 끌어올려 주는 물건이었다. 그러니 이 정도 부상은 하루 이틀만 지나면 흔적도 없이 사라질 터였다.

정작 진짜 문제가 되는 건 속이 뒤집힐 때까지 억지로 끌어 올려 써 버린 마력이었지만, 이쪽도 쉽게 해결됐다. 아서가 회복 포션을 열어 아렌트의 입에 푹 꽂아 준 것이다.

"그래서. 이게 무슨 난리야?"

갑자기 입에 쏟아져 들어온 포션을 삼키느라 아렌트는 당장 대답하지 못했다. 이온 음료 맛이 나는 포션을 목구멍 뒤로 꿀꺽 넘긴 아렌트가 빈 병을 손에 쥐고 입을 열었다.

"그냥 산책하고 복귀하던 길이었습니다. 사람 없는 쪽으로 접어드니까 갑자기 그 녀석들이 덮치던데요? 네 놈 다 투명화 스크롤을 사용했고, 결계까지 펼쳤어요."

"짚이는 곳은?"

"없겠어요?"

"……"

다들 침묵했다.

그건 그렇지. 솔직히 지금 상황에서 모른다고 대답할 사람은 아무도 없었다.

아서가 쯧쯧 혀를 찼다.

"그러게 작작 까불지 그랬냐."

"기사 하나가 좀 깝죽거렸다고 암살자를 보내는 쪽이 더 상식 밖의 인간인 것 같은데요. 어쨌든."

투덜거리던 아렌트가 묘한 강세를 붙여 툭, 내뱉었다.

"지금 당장 신경 써야 할 부분은 그게 아니에요. 그놈의 투명화 스크롤. 보통 암살자 놈들이 그런 걸 가지고 다녀요?"

"아니, 고급 암살자는 은신술이 뛰어나기 때문에 굳이 그런 걸 쓰지 않지. 마력을 다룰 줄 아는 상대에게는 무용지물이니까."

그건 아렌트가 몸소 증명해 낸 바였다.

아서가 끙, 앓는 소리를 냈다.

"그리고 하급 암살자는 그런 걸 구할 여유가 없어. 의뢰인이 따로 쥐여 준다면 또 모르지만."

"충분을 재력을 가진 그리그 후작님이라면 충분히 가능한 일이지."

잠자코 있던 리히트가 말을 얹었다.

"어쩌면 죽이려는 의도는 없었을지도 모르겠군."

"그렇죠. 황궁에 침입할 정도의 암살자라면, 실력깨나 있는 놈들일 테고."

아서가 고개를 끄덕였다.

"그런 암살자 여럿에 마법 아이템까지 건네줄 정도의 돈이면, 확실한 실력자 한 명을 고용하고도 남았을 텐데. 진짜 죽이고 싶었다면 그쪽을 선택하는 게 더 나아요."

결국 그리그 후작의 목적은 아렌트를 죽이는 게 아니라, 흠씬 두들겨 패서 기를 죽여 놓는 것이라 해석해도 좋을 것 같았다.

처음부터 끝까지 아렌트를 향한 악의로 가득한 수였다.

아렌트가 짜증스레 뒤통수를 벅벅 긁었다.

"그것도 그렇지만 투명화 스크롤을 쓴 수법이요. 어디서 본 것 같지 않아요?"

"그래, 이스트 금고를 덮친 놈들의 방식과 비슷하지."

라이오스가 고개를 끄덕였다.

우연일지도 모르지만 그 가능성도 충분히 염두에 둬야 했다.

투명화 스크롤이 생산되는 루트는 두 가지였다. 아렌트는 소설의 내용을 떠올렸다.

마법 물품은 대부분 마탑에서 생산된다.

투명화 스크롤도 예외는 아니었다.

원래 투명화 스크롤은 민간에는 사냥용, 귀족이나 황실에는 군사 작전용으로 공급된다.

그런 만큼 사사로운 범죄에 사용되지 않도록 철저히 관리되는 편이었다. 만들어지자마자 일련번호가 매겨지는 등, 제작부터 공급까지 상당히 까다로운 과정을 거치는 게 보통이었다.

하지만 그렇다고 해서 아예 구할 방법이 없는 건 아니겠다.

마탑에서 죄를 지은 마법사는 마법계에서 퇴출당하는데, 그렇게 쫓겨난 이들이 불법 스크롤을 제작해 암살자연합이나 왈패들에게 팔아넘기기 시작한 것이다.

그렇게 만들어진 것들은 추적이 힘들었다.

제작하는 사람이 적어서 평범한 스크롤보다 값이 몇 배나 비싸지만 꾸준히 수요가 있는 건 바로 그런 점 때문이었다.

하지만 영 알아낼 정보가 없다는 건 또 아니었다.

잠깐 생각하던 라이오스가 입을 뗐다.

"이스트 금고 사건 때 압수한 물건들, 아직 남아 있나?"

"처분 전일 겁니다. 배후를 아직 찾지 못했으니까요."

리히트가 답하자 라이오스가 일목요연하게 지시를 내리기 시작했다.

"그들이 사용한 투명화 스크롤도 남아 있겠지. 오늘 습격해 온 자들이 지닌 것과 대조해. 이미 쓴 물건이라도 어느 정도 마력은 잔존해 있을 테니까."

"알겠습니다."

"그리고."

대화가 어느 정도 정리되자 라이오스가 다시 새로운 화두를 띄웠다.

아렌트는 다음으로 이어질 말을 대충 짐작할 수 있었다.

"암살자들에게 남은 외상 말이다만."

아서와 리히트 역시 저도 모르게 아렌트를 바라보았다.

사실 다른 것보다 가장 중요한 게 이 문제였다.

암살자들은 신체 일부가 얼어붙은 채로 기절해 있었다.

지금은 얼음이 얼 계절도 아니고, 검사인 아렌트가 전투 중 남긴 상흔이라고 말하기에는 지나치게 이상했다.

라이오스가 차분히 물었다.

"네가 한 게 맞나?"

"당연하죠. 그럼 뭐겠어요."

아렌트가 뚱하니 대꾸했다.

"다음에 말씀드릴게요. 지금은 설명하기 귀찮습니다."

"……알았다."

잠깐 뜸을 들인 뒤, 라이오스가 그렇게 답했다.

리히트와 아서 역시 뭐라 말하려다 그냥 입을 다물어버렸다. 더 이상 묻지 않으려는 모양이었다.

'단장은 추측하는 바가 있을 테고.'

아렌트가 직접 아티팩트를 건네주기도 했는데 지금 상황을 파악하지 못했을 리 없었다. 베첼을 함께 상대한 아서도 마찬가지였고.

리히트는 그 두 사람이 잠자코 있는데 함부로 나설 위인도 아니었다.

"대충 둘러대고 함구 명령을 내리겠습니다."

"그래, 수고해라."

리히트는 그렇게 한마디 내뱉고 자신이 해야 할 일을 하겠다는 듯 고개를 꾸벅 숙인 뒤, 집무실을 나가 버렸다.

탁.

문이 닫히고 아서가 화제를 돌렸다.

"공식적인 항의나 고소는 힘들겠죠, 단장님?"

"아무래도. 하지만 노력해야지. 황제 폐하의 기사에게 칼을 겨눈 죄는 결코 가볍지 않다."

결의를 다지듯 라이오스가 딱딱하게 대꾸했다. 아서 역시 고개를 끄덕였다.

사뭇 비장한 공기가 흘렀다.

하지만 그 분위기를 박살 낸 사람은 다름 아닌 아렌트였다.

"그럼 아까 그 근위병 자식들부터 다 잡아 처넣어야 하는 거 아니에요?"

"넌 좀 닥쳐. 제발."

아서가 이를 악물고 으르렁거렸다. 하지만 언제나 그렇듯 깔끔하게 무시해 버린 아렌트는 어깨를 으쓱이며 덧붙였다.

"안 그럴 거면 공식적으로 고소한다든가, 항의해야 한다든가 이런 말은 하지 마세요. 그런 의미 없는 짓을 왜 해."

"의미 없다고?"

"그 자식들, 고문해 봤자 입이라도 열겠어요? 후작 아저씨는 모르는 일이라고 잡아떼면 그만일 테고. 그러니 그냥 내버려 둬요."

게다가 아직 그리그 후작은 감옥에 들어가서는 안 됐다.

아렌트의 생각을 알 리 없는 라이오스가 인상을 구겼다.

"그냥 넘어갈 일이 아니다. 암살자들을 심문하면 정보를 캐낼 수 있겠지. 그들에게 누가 의뢰했는지 증언시키면……."

"누가 그냥 넘어간대요? 직접 조져야죠."

아렌트는 라이오스의 말을 중간에서 뚝 잘라 버렸다.

진지하게 이야기하던 라이오스가 그대로 얼어붙었다.

"법의 심판 어쩌고 해 봤자 엿을 먹일 수 있을지 없을지도 불확실한데, 그런 번거롭고 오래 걸리는 방법을 뭐 하러 써요?"

소파에 걸터앉은 아렌트의 황금색 눈동자에 귀기가 스쳤다.

스산한 혼잣말이 이어졌다.

"걸어온 시비를 무시하는 것도 예의가 아니죠. 뒈지는 게 차라리 낫겠다 싶을 정도의 꼴로 만들어 주마."

"……."

뭐라 더 말하려 입을 뻥긋거리던 라이오스는 곧 다른 말을 꺼내는 대신 한숨을 커다랗게 토해냈다.

짧은 침묵 후, 라이오스가 겨우겨우 입을 열었다.

"아렌트."

아렌트가 고개를 들자 라이오스가 덤덤하게 덧붙였다.

"체포당할 짓만 하지 마라."

"……."

슬그머니 주머니 안에 들어갔다 나온 단장의 손에는 어느새 위장약이 들려 있었다.

아렌트는 멀뚱히 눈만 몇 차례 깜빡였다.

멍하니 있던 아서의 입이 쩍 벌어졌다.

"……자, 잠, 잠깐만요, 단장님! 그 말씀은 저놈이 깽판 치는 걸 그냥 두고만 보시겠다는 겁니까?"

"……."

"단장님! 그러시면 안 됩니다! 저놈은 정도라는 걸 모른다고요!"

라이오스는 여전히 요지부동이었다.

아서가 허망한 눈으로 쳐다보자 단장은 슬쩍 시선을 피해 허공과 눈싸움하기 시작했다.

두 사람이 실랑이 아닌 실랑이를 벌이는 사이, 아렌트는 라이오스를 힐끗 보았다.

아렌트가 뭘 숨기는지 저들은 굳이 캐묻지 않았다.

경계하지도 않았다. 적어도 이들은 그를 위협으로 여기지 않는단 뜻이었다.

그건 다른 말로 하자면, 신뢰받고 있다는 것과 같았다.

털리지 않은 이스트 금고, 살아남은 아서에…… 신뢰받는 배신자, 아렌트 폰 에크하르트라.

예상치 못한 봉변을 당했지만 그래도 나쁘지만은 않은 전개였다.

아렌트는 아무도 모르게 슬쩍 미소 지으며 소파에 몸을 푹, 파묻었다.

* * *

그리고 드디어, 며칠간 황궁을 떠들썩하게 만들었던 연회 당일이 다가왔다. 눈코 뜰 새 없이 바빴던 기사단도 그날 저녁만큼은 업무를 내려놓고 연회 참석 준비를 서둘렀다.

아서는 오랜만에 차려입은 예복 소매를 매만지며 인상을 찌푸렸다.

"그리그 후작도 오늘 참석한다는 모양인데요."

"그렇겠지. 이런 자리에 빠질 리가 없는 사람이니."

리히트가 조용히 대답했다.

아렌트가 습격당한 게 바로 며칠 전이었다. 덕분에 제3기사단 사이에는 은근한 긴장감이 떠나질 않고 있었다. 정작 죽을 뻔한 본인은 그리 개의치 않고 온 황궁을 쏘다녔지만.

아서의 얼굴이 일그러졌다.

"도대체 사람이 얼마나 뻔뻔하면……."

그리그 후작이 아렌트에게 앙심을 품었다는 건 모르는 사람이 없었다.

아렌트가 습격당했다는 소문은 입에서 입을 타고 알음알음 퍼져 나갔고, 그 배후 역시 모두가 짐작하고 있었다. 단지 보복을 당할까 두려워 쉬쉬할 뿐이지.

그런데도 이렇게 당당하게 나온다는 것은 아무도 자신을 추궁하지 못할 거라는 자신이 있다는 뜻이었다.

실제로 황궁에 드나드는 귀족 중 태반은 그와 거래를 튼 상태였고, 그리그 후작의 영향력과 자본은 결코 무시할 만한 수준이 아니기에, 견습 기사 하나를 공격했다 한들 함부로 비난할 수 있는 사람은 없을 터였다.

"하아……."

"뻔뻔한 건 아렌트도 마찬가지지. 그렇게 당해 놓고도 눈 하나 깜짝 안 한다는 게."

아서가 한숨을 푹 내쉬고 있을 때, 다른 기사가 툭 내뱉었다. 아서의 바로 위 선배인 라이더 폴로스였다.

"듣자 하니 별로 크게 다치진 않은 것 같은데. 괜찮냐?"
"싸돌아다니는 거 보면 모르십니까? 팔팔해요."
"그래? 괜찮다면 다행인데."
"신경 쓰이면 직접 물어보시죠?"

아서가 아무렇지도 않게 던진 한마디에 라이더의 표정이 순식간에 떨떠름해졌다.

"아니, 그건 좀……."
"왜요?"
"마음의 준비가 안 됐다고 해야 하나."

우물거리던 라이더가 그렇게 얼버무렸다.

아서는 그를 곱지 않은 눈으로 흘겨보았다.

"끽해 봤자 애새끼일 뿐인데 뭐가 겁나서 벌벌 떨어요?"
"누가 겁난대? 기분이 그렇다는 거잖아, 이 자식아!"

라이더가 괜한 민망함을 감추려 벌컥 성을 냈다.

사실 이상한 일은 아니었다. 서로 죽이니 마니 하던 게 고작 얼마 전이었다.

그 뒤로 아렌트는 제 할 일이 바빠 마구 쏘다녔고, 나머지 시간을 대부분 연무장에 처박혀 보냈다. 그러는 통에 기사들은 그냥 멀찍이 떨어져서 아렌트를 구경할 수밖에 없던 것이다.

"어쨌든 또 무슨 짓을 할지 모르니 눈여겨볼 필요는 있겠죠."

"반대로 저쪽도 뭐 흠잡을 것 없나 지켜볼걸. 괜히 책 잡힐 필요는 없으니까 평소보다 조심하는 게 좋겠어."

라이더의 말에 가만히 듣던 다른 기사들도 고개를 끄덕였다.

제3기사단은 평민 출신이 유난히 많았다. 황제의 직속 기사단이니 대놓고 무시하지는 못하지만, 그래도 그들의 출신에 불만을 가진 자들이 적지 않았다.

없는 일도 만들어 내는 게 황궁의 소문이었다. 정치와 경제 분야의 온갖 거성들이 모이는 연회는 그들에게 또 다른 전쟁터나 마찬가지였다.

공격당한 건 아렌트였지만, 평소 행실 때문에 그런 일이 벌어진 거라며 헐뜯을 사람 역시 얼마든지 있었다.

자연스레 기사들의 어깨에 힘이 들어갔다.

오늘 누구 하나라도 실수를 저지른다면 라이오스의 명예에 흠집이 생길지도 몰랐다. 이 자리에 있는 이들 중 그걸 원하는 사람은 단 한 명도 없었다.

"뭐야. 왜 다들 굳어 있어요? 어디 전쟁 나가나."

딱 한 놈만 빼고.

결의에 차 있던 기사들의 얼굴이 순식간에 뭐 씹은 것처럼 변했다.

부들부들 떨던 아서가 발작적으로 악을 썼다.

"너는! 너는 좀! 제발! 네가 제일 문제야, 이 자식아! 예의라고는 털끝만큼도 없는 놈아. 분위기 파악도 못 해?"

"내 얼굴이 예의니까 괜찮아요."

하지만 아렌트는 여전히 뻔뻔했다.

아서가 주먹을 그러쥐고 아렌트에게 성큼 다가섰다.

"야, 한 대만 쳐도 되냐?"

"왜요? 사실을 말했을 뿐인데."

기사들을 정말로 짜증 나게 하는 점은 저 말에 아무도 반박을 하지 못한다는 사실이었다.

원래 제 미모를 가꾸는 데 최선을 다하던 놈이었다. 그러다 최근 갑자기 검에 몰두하기 시작했다. 그 뒤로 아렌트는 저를 꾸미는 대신 검사로서 움직이기 편한 복장을 선호했다.

그래서 다들 잠시 잊어버린 모양이었다. 아렌트 폰 에크하르트가 본격적으로 꼴값을 떨어 댈 때의 면상을.

원래도 잘난 놈이었지만 평소보다 두 배는 더 반짝여 보였다.

어깨까지 흘러내리는 새하얀 은발은 말끔히 정리되어 있었고, 그와 잘 어울리는 푸른색 예복은 그를 기사보다는 좋은 집안의 귀공자처럼 보이게 만들었다.

거기에 특유의 싸가지 없는 말투와 시건방지기 짝이 없는 호박색 눈동자라니…… 사람 속을 긁기에는 완벽한 조합이었다.

라이더가 탄식처럼 중얼거렸다.

"빌어먹을. 세상 진짜 불공평하네."

그 말에 반박하는 사람은 아무도 없었다.

몇 분 전의 긴장감은 어느 순간부터 사라지고 없었다. 기사들은 조금 허무한 마음이 되어 아서와 아옹다옹하는 아렌트를 떨떠름하게 바라보았다.

"쓸데없는 걱정이었군."

리히트가 조용히 중얼거렸다.

이 황궁에서 제일가는 망나니가 저기에 있는데 새삼 다른 걸 걱정할 여유는 없었다.

저놈을 품고 가는 이상, 라이오스는 황궁 내 모든 이들에게 존경받을 자격이 있었다. 아렌트를 온전히 감당한다니, 그것만으로도 남들은 범접할 수 없는 자신의 인격을 증명해 내는 셈이었다.

마침 준비를 끝낸 라이오스가 안쪽에서 걸어 나왔다.

"왜 이렇게 소란스럽…… 아."

외투 옷매무새를 정돈하며 걸어 나오던 라이오스는 투덕거리는 아렌트와 아서를 발견했다.

라이오스는 두 사람을 심란하게 바라보다 이내 시선을 슬쩍 돌려 버렸다.

무시했다, 무시하셨어. 상대하기 싫다는 표정 하셨어 방금.

기사들이 웅성거렸다.

라이오스는 못 들은 척하며 입을 열었다.

"지난 며칠간 고생 많았다."

그러자 주변이 거짓말처럼 고요해졌다. 아서 역시 기어코 아렌트의 뒤통수를 한 대 후려갈긴 뒤 입을 다물었다.

"오늘은 황태자 전하께서 특별히 베풀어 주시는 날이니, 다들 짐을 내려놓고 즐기도록. 하지만 우리는 귀빈들의 호위 역할도 겸한다. 외부에서 근위병이 경계를 설 테지만 너무 긴장 풀지는 마라."

"예!"

기사들이 언제 풀어졌냐는 듯 다시 자세를 반듯하게 세우고 대답했다.

라이오스의 무뚝뚝한 낯에 만족스럽다는 미소가 드리웠다.

* * *

연회가 열리는 홀에 발을 들인 아렌트의 첫 번째 감상은 이랬다.

'세트장 같다.'

수천 개의 촛불이 매달린 샹들리에가 홀 한가운데에서 찬란한 빛을 발했다. 시종들은 조심스럽게 발걸음을 옮기며 귀족들에게 디저트나 샴페인을 권했다.

화려한 벽지에 커다란 창문, 훌륭한 천장화에 최선을 다해 차려입은 남녀까지…… 모든 것을 하나하나 눈에 담으며 아렌트는 샴페인을 입에 댔다.

'전부 진짜란 말이지.'

창문 밖으로 한 발짝만 나가면 장비가 지저분하게 널린 무대 뒤쪽이 나올 것 같았다.

게다가 아까부터 느껴지는 이 은근한 시선들. 이것도 아렌트가 지금 상황에 기시감을 느끼는 원인 중 하나였다.

일행과 대화를 나누다 가끔 힐끗대는 이도 있었고, 아예 구경하듯 빤히 쳐다보는 이들도 있었다. 개중에는 아렌트를 발견하고서 당혹스러운 표정을 짓는 이도 눈에 띄었다.

설마 연회에 나타날 거라고는 예상하지 못한 모양이었다.

'무리도 아니지.'

그리그 후작을 놀려 댔다가 암살당할 뻔한 게 고작 며칠 전의 일이었다. 보통 사람이라면 제 방에 처박혀 몸을 사리기 바빠야 정상일 테니까.

아렌트는 연회장 곳곳에 모인 사람들 쪽으로 시선을 옮겼다.

그와 눈을 마주친 귀족들이 황급히 시선을 돌렸다.

켄드릭과 다이아나는 황궁 내 다른 부에 속한 듯한 귀족과 두런두런 의견을 주고받고 있었고, 친위 기사단의 다른 면면들도 적절히 섞여 음악을 즐기거나, 가볍게 술을 곁들이며 대화를 나누었다.

'황태자는 아직인가.'

아무래도 칸타레스는 늦게 나타나려는 모양이었다.

아렌트는 벽에 느긋하게 기대어 서서 샴페인을 홀짝이기만 했다. 그때, 옆에서 익숙한 목소리가 들려왔다.

"아렌트 경, 오랜만이군. 편안하게 즐기고 있나?"

아렌트는 반사적으로 고개를 들었다. 멋들어진 수염을 기른 중년이 그를 똑바로 응시하고 있었다.

낯익은 얼굴이었다.

"오랜만에 뵙습니다, 란슬롯 대공작."

"대공작은 무슨, 그냥 공작이라 부르게. 듣자 하니 썩 잘 지내지는 못한 모양이더군."

란슬롯 공작이 미소 지으며 가까이 다가왔다.

아렌트도 벽에서 등을 뗐다.

"그렇죠, 뭐. 이것저것 보고받으셨겠지만."

"그래도 크게 다치지 않아 다행이야. 그 자리에서 누구인지도 모를 상대에게 살해당했다면 정말 큰일이 아닌가. 멍청한 인간이라는 폭언을 들으면서도 경을 살려 둔

내 노력이 물거품이 되는데."

공작이 너털웃음을 터뜨렸다.

"그게 그렇게 됩니까?"

"왜, 경에게도 그리 즐거운 기억은 아닌 모양이지? 그때 할 말 못 할 말을 다 퍼붓고도 멀쩡히 황궁을 활보해 대기에, 별로 아랑곳하지 않을 줄 알았네만."

"궁금하시다면 란슬롯 공작님도 재판정에 서 보시면 어떻습니까? 할 말 못 할 말을 구분하실 수 있는지."

뚱하니 대꾸하며 아렌트는 다시 샴페인을 조금 들이켰다.

란슬롯 공작이 여전하다는 듯, 눈앞의 어린 기사를 아래위로 훑어봤다.

"당돌한 것은 정말 변하지 않는군."

"사람이 갑자기 변하면 죽을 때가 온 거라고 하잖습니까. 전 아직 죽을 때는 아니라."

"그래, 부디 오래 살길 바라네. 목숨 아까운 줄도 좀 알고."

"공작님도 그러시길 바라죠."

그때, 공작의 뒤에서 또다시 누군가가 끼어들었다.

"공작님, 그 말썽쟁이와 무슨 이야기라도 나누십니까?"

"켄드릭 경, 왔나? 별건 아니고, 장수하라는 덕담이나 주고받았지."

란슬롯은 켄드릭을 위해서 자리를 조금 비켜 주었다.

켄드릭은 혼자 온 것이 아니었다. 한 손에 와인 잔을 들고 나타난 다이아나가 픽 웃었다.

"덕담이라…… 경이 그런 것도 할 줄 알았나?"

그녀 역시 평소와는 퍽 다른 모습이었다.

화려하지 않지만 고급스러운 짙은 색 이브닝드레스가 그녀의 균형 잡힌 몸매를 가볍게 감쌌다. 길게 흘러내린 암갈색의 머리칼에, 평소의 엄준함을 한 꺼풀 걷어 낸 눈동자는 아름답다는 말을 붙일 만했다.

아렌트는 손안에서 잔을 빙글빙글 돌리며 짧게 대꾸했다.

"할 줄은 압니다. 안 할 뿐이지."

"그렇게 밉살맞게만 말하는 것도 재주로군."

켄드릭이 웃음을 터뜨렸다.

대공작과 두 단장에게 둘러싸인 아렌트를 보는 사람들의 시선이 더욱 경악에 찼다.

아렌트는 처형 직전까지 몰려 지하 감옥에 갇혔던 전적이 있었고, 그와 태연히 대화를 나누는 상대는 그의 목숨줄을 저울 위에 올려놓고 판결을 내렸던 당사자였다.

지금 상황이 다른 이들 눈에 비정상적으로 비치는 건 당연한 일이었다.

자신들에게 향하는 눈길을 알아차린 란슬롯 공작이 천연덕스레 어깨를 으쓱했다.

"평소보다 쳐다보는 시선이 많군."

"황궁 최고의 화젯거리가 이 자리에 있어서 그런가 봅니다.

그러며 다이아나가 힐끗 아렌트를 보았다.

아렌트는 어깨를 으쓱했다.

"제가 뭘 했다고."

"그걸 진짜 몰라서 묻는 건 아니겠지?"

"아뇨, 사실 압니다."

"······."

다이아나는 순간 말문이 막혀 버렸다.

아렌트가 뻔뻔하게 덧붙였다.

"이야기해야죠. 그래야 내가 고생한 보람이 있지."

상상도 못 한 발언에 순간 얼빠진 표정을 한 것은 켄드릭과 란슬롯 공작 역시 마찬가지였다.

한참 뒤에 공작이 탄식처럼 중얼거렸다.

"······정말 라이오스 경이 고생이겠군."

"동감입니다."

정말로 그렇다는 듯한 다이아나의 대답에 켄드릭은 그저 쓴웃음을 지을 뿐이었다.

간신히 정신을 차린 켄드릭이 화제를 돌렸다.

"얼마 전에 제법 곤욕을 치렀다고 들었는데. 몸은 괜찮나?"

"아뇨, 정신적으로 아주 큰 타격을 받았습니다. 배후를 찾는 즉시 고소하려고요."

표정 하나 변하지 않고 아렌트가 대꾸했다.

켄드릭이 고개를 끄덕였다.

"괜찮은 듯하니 다행이군. 그래도 조심하게. 배후가 누구인지는 모르겠지만, 인간이란 건 제법 집요한 면이 있으니까. 경이 무사하다는 걸 알면 어떻게든 경에게 복수하려 들걸."

"특히 아렌트 경은 원한 사는 일이 잦으니까 말이야. 더러운 작자들이 암살자를 고용하는 건 그리 드문 일도 아니니, 몸조심하는 게 좋아."

"뭐, 황제 폐하를 지키는 기사에게 암살자를 보낼 만큼 멍청한 인간이 둘은 아니겠지만. 그래도 밤길을 혼자 다니는 건 주의할 필요가 있겠어."

다이아나가 한마디 거들자 란슬롯 공작이 껄껄 웃음을 터뜨렸다.

아렌트는 그들을 곱지 않은 눈으로 흘겨보았다.

"걱정하시는 건지, 아니면 통쾌해하시는 건지 구분이 잘 안 됩니다만."

"에이, 통쾌해할 리가 있나. 그저 연장자로서 경을 염려하는 것뿐이라네."

공작이 너털웃음을 터뜨리며 아렌트의 어깨를 툭툭 두

드렸다. 아렌트는 뚱한 표정을 지으면서도 그의 손을 털어 내지는 않았다.

그리그 후작이 제 마음에 들지 않는 상대에게 암살자를 보낸 것이 처음 있는 일만은 아닌 모양이었다. 그 때문인지 이 세 사람도 그리그 후작이 제 버릇 남 못 줬다가 골탕을 먹었다는 사실이 퍽 즐거운 눈치였다.

"그것보다…… 오늘의 주역이 조금 늦으시네요."

다이아나가 고개를 갸웃했다.

"주역이라면 황태자 전하 말인가? 다른 일이 있어 조금 늦으신다고 하던데."

"아뇨, 전하가 아니라…… 아."

입구 쪽으로 시선을 던지던 아렌트가 짧게 탄성을 터뜨렸다.

호랑이도 제 말 하면 온다더니, 노이만 덴 이스트가 제 시종들을 이끌고 연회장 안으로 들어오는 게 보였다.

란슬롯 공작이 그제야 아렌트의 말을 이해하고는 고개를 끄덕였다.

"저 사람도 요즘 화제의 중심이지. 확실히 오늘 연회의 주역감이군. 첫 거래를 황실 기사단과 트기로 약속했다고 하던데, 사실인가?"

"예, 그렇게 되었습니다."

켄드릭이 고개를 끄덕이자 란슬롯 공작이 묘한 미소를

지었다.

 대외적으로는 노이만 점장이 이스트 금고를 지켜 준 황실 기사단에게 감사를 표하는 방식이라고 알려졌다. 하지만 이 자리에 있는 세 사람만은 그게, 아렌트와 점장 사이에 오간 거래의 결과물이라는 사실을 잘 알았다.

 과정이야 어쨌든, 아렌트가 그를 주역이라고 칭한 말은 틀린 점이 없었다.

 노이만 점장이 등장하자마자 이곳저곳에서 사담을 나누던 귀족들의 관심이 그에게 쏟아지기 시작했다.

 "이거, 노이만 점장님 아니십니까. 오랜만에 뵙습니다."

 "그렇지 않아도 언제 오시나 기다리고 있었습니다."

 "이리 맞아 주시니 반갑습니다. 감사하게도 황태자 전하께서 친히 초대장을 보내 주셨지요."

 점장 역시 특유의 사람 좋은 미소를 지으며 일일이 화답해 주었다.

 그를 물끄러미 바라보던 다이아나가 입을 열었다.

 "표정이 좋네요. 숙원 사업의 윤곽이 슬슬 잡히기 시작해서 그런가."

 "이스트 상단주는 속이 좀 쓰리겠지만. 그의 독립을 별로 반기지 않는 눈치라고 하던데."

 켄드릭이 대답해 주었다.

사실 이상한 일은 아니었다. 지금껏 사업을 주도해서 키운 것은 상단주 쪽이었고, 노이만은 상단주를 훌륭히 보조해 왔다.

그랬던 이가 갑작스레 독립하겠다고 선언한 것은 아무도 예상치 못한 일이었다.

듣자 하니 제법 오래전부터 독립을 계획해 왔지만, 거래처와 투자 문제가 해결되지 않아 지금껏 실천에 옮기지 못했다는 모양이었다.

켄드릭은 눈동자를 데굴, 굴려 아렌트를 보았다.

'그 점을 콕 집어서 거래하자며 나선 게 이놈이었고.'

그때는 어영부영 넘어갔지만 다시 생각하면 정말 신기한 노릇이었다.

노이만 점장이 아렌트를 발견하고는 반가운 미소를 지으며 사람들 사이를 헤치고 아렌트에게 성큼성큼 다가왔다.

"아렌트 경, 이런 자리에서 마주치니 또 다르게 반갑군요."

"바로 얼마 전에 뵈었잖아요. 다른 분들이랑 나눌 이야기가 더 많으실 것 같은데."

아렌트가 고개를 까닥 숙이며 마주 인사를 건넸다. 그러자 노이만 점장이 시원스레 미소 지었다.

"그래도 아렌트 경만큼 귀빈은 없지요. 그리고 제가 설마 아렌트 경만 뵈러 왔다고 생각하십니까? 이곳에 제가 가장 먼저 인사드려야 할 분들이 계시잖습니까."

"아……."

란슬롯 공작, 켄드릭, 그리고 다이아나에게서 동시에 탄성이 튀어나왔다.

그걸 본 아렌트는 슬쩍 자리를 비켜 주었다. 마치 그걸 기다렸다는 듯, 노이만 점장은 뒤로 한 걸음 물러서서 그들을 향해 공손히 고개를 숙였다.

"오랜만에 인사드립니다, 대공작. 그리고 켄드릭 경, 다이아나 경. 그간 무탈하셨습니까?"

"나야 당연히 아무 일 없었지. 요새는 심심할 틈도 없다네."

란슬롯 공작이 너털웃음을 터뜨렸다. 격식을 차린 인사는 아니었지만, 노이만 점장의 재치 있는 등장으로 분위기가 부드럽게 풀어졌다.

다이아나도 웃으며 물었다.

"경비 쪽은 문제없습니까?"

"네, 걱정 없습니다. 이따금 좀도둑들이 주제도 모르고 숨어들 때가 있었는데 최근에는 그런 시도도 없어졌습니다. 이게 다 단장님들과 황제 폐하, 그리고 루체 신의 은덕이죠."

아렌트를 사이에 두고 담소를 나누는 그들은 퍽 편안해

보였다. 그것을 기회라고 생각한 건지, 눈치만 살피던 다른 귀족들 역시 하나둘씩 그들 곁으로 다가가기 시작했다.

"란슬롯 공작님, 오랜만에 뵙습니다."

"그간 별일은 없으셨지요?"

슬슬 사람이 모이기 시작하자 아렌트는 노이만의 팔을 붙잡고 사람들의 중앙, 자신이 방금까지 서 있던 자리까지 끌어다 놓았다. 그리고 자신은 슬쩍 뒤로 빠져 버렸다.

그러자 자연스레 그 자리의 주인공은 노이만 점장이 되어 버렸다.

"점장님, 새로운 사업에 대해 좀 여쭤봐도 괜찮을까요? 투자에 관심이 있어서 그럽니다."

"당장은 식료품과 옷감을 공급하는 쪽에 집중할 생각입니다. 물론 황실 기사단 여러분이 사용하시는 물건인 만큼 최고급품으로 준비할 것입니다."

노이만 점장은 자연스럽게 이야기보따리를 풀어 나가기 시작했다. 순식간에 그의 주변이 왁자지껄해지기 시작했다.

멀찍이 떨어져 그 광경을 지켜보던 아서가 질린 목소리를 냈다.

"……쟤는 왜 저기에 있냐?"

벽의 장식 노릇을 자처하던 아렌트는 어느새 이 황궁에서 가장 쟁쟁하다 말할 수 있는 사람들에게 둘러싸여 있었다.

"아직 전하께서 오시지도 않았는데, 분위기가 제대로 무르익는군."

"그러게요……."

조용히 있던 리히트의 평에 아서가 가만히 고개를 끄덕였다.

아서는 얼마 지나지 않아 조금 떨어진 곳에서 아렌트 쪽을 바라보는 라이오스를 발견했다.

평소와 별반 다를 것 없는 무표정이었지만, 아서는 라이오스가 내심 불안해하고 있다는 사실을 어렵지 않게 알 수 있었다.

아서는 쓴웃음을 흘렸다. 어차피 지금은 가만히 상황을 지켜볼 수밖에 없었다.

그때, 입구 쪽을 주시하던 리히트가 짧게 탄식을 흘렸다.

"이런……."

"왜 그러십니까? 아……."

얼마 지나지 않아 아서는 왜 리히트가 그런 반응을 보였는지 바로 이해할 수 있었다. 그리그 후작이 한 무리의 시종을 이끌고 연회장에 들어선 것이다.

"그리그 후작님이네요."

"조용히 넘어갈 수 있으려나."

리히트가 근심을 듬뿍 담아 중얼거렸다.

연회에 새로운 사람이 등장하면 그쪽으로 관심이 쏠리는 것이 당연한 일이었다. 그게 그리그 후작이라면 더욱 그랬다. 그는 이 황궁에서 가장 돈 많은 유력자 중 한 사람이니까.

 하지만 귀족들은 그 누구도 그리그 후작에게 관심을 주지 않았다. 이미 홀 내부는 노이만 점장의 새로운 사업 이야기로 뜨겁게 달아올라 있었다.

 후작은 이상함을 느끼고는 어리둥절한 눈으로 주변을 두리번거렸다.

 "뭐야? 왜 이렇게 시끄럽…… 어?"

 그는 곧 사람들이 와글와글 모인 자리를 발견했다. 후작은 그 구심점이 된 게 누구인지도 어렵잖게 알아볼 수 있었다.

 황태자 다음가는 권력자라 여겨지는 란슬롯 공작, 그리고 황제가 가장 아끼는 친위 기사단의 첫 번째, 두 번째 기사단장. 숱한 귀족을 고객으로 둔 금고의 점장과…… 은발의 견습 기사.

 아렌트를 발견한 그리그 후작의 인상이 처참하게 일그러졌다.

 아렌트 역시 그를 발견한 듯 입구 쪽으로 고개를 돌렸다.

 "저 자식……."

그 광경을 포착한 아서가 입을 달싹였다.

노이만 점장에게 집중하느라 다른 귀족들은 미처 이 상황을 눈치채지 못한 모양이었다.

멍하니 두 사람을 지켜보던 아서가 저도 모르게 중얼거렸다.

"설마, 일부러……?"

사람들이 아렌트 곁으로 모이게 된 것도, 그 탓에 그리그 후작이 무시당한 것처럼 보인 것도 전부 우연이었다. 하지만 어째서인지 이 모든 상황이 아렌트의 계획처럼 보였다.

'설마…… 아니, 그렇지만…….'

그리그 후작과 눈을 마주친 아렌트의 입가에 은근한 미소가 걸렸다.

거기에서 아서의 의심은 확신으로 변했다.

이 순간, 노이만 점장은 아렌트가 사람들 앞에 내세운 꼭두각시 인형이었다. 구름같이 모여든 구경꾼도 사실은 그 인형과 별반 다르지 않은 처지이고.

아렌트가 이 거창한 무대를 꾸민 목적은 딱 하나뿐이었다.

그리그 후작을 엿 먹이는 것.

등골을 타고 섬뜩한 냉기가 흘렀다.

아서는 저도 모르게 소리 내어 말했다.

"말려야 하는 거 아닙니까?"

"뭐를?"

라이더가 의아하게 물었다. 하지만 그 대답은 아서의 귀에 들리지 않았다.

뭐가 됐든 그를 막아야 한다는 생각이 들었다. 그러지 않으면 이 연회가 엉망이 될 것 같다는 직감이 강하게 든 탓이었다.

하지만 안타깝게도 아서는 몰랐다. 애초에 이 연회의 극작가가 황태자, 주연 배우는 아렌트라는 것을.

서곡이 끝나고 주인공이 등장하셨으니, 이제 본격적으로 1막이 시작될 때였다.

뒤로 살짝 빠져 있던 아렌트가 한 걸음 앞으로 나섰다. 동시에 한쪽 손이 허공을 향해 번쩍, 올라갔다.

"그리그 후작님, 이쪽입니다. 조금 늦으셨군요."

"……."

시끌벅적하던 홀에 누가 얼음물이라도 끼얹은 듯 진득한 정적이 흘렀다.

아렌트는 팔짱을 끼고 상황을 관망했다.

사람들의 당혹스러운 시선이 방금 나타난 그리그 후작에게 꽂혔다. 심지어는 연주자들도 이상한 기류를 읽었는지 음악 소리조차 잠깐 주춤했다.

당황한 후작은 순간 아무런 반응도 하지 못했다.

잠시 후, 퍼뜩 정신을 차린 음악가들이 다시 연주를 이어 가기 시작했다. 거의 동시에 후작 역시 자신의 실수를 깨달았다.

후작이 뭐라 대꾸하려 입을 열었다. 하지만 그는 이번에도 아렌트에게 선수를 빼앗겨 버렸다.

"이렇게 뵙게 되어서 반갑네요. 요양 중이시라 들었습니다만, 몸은 좀 어떠신지?"

아렌트의 입가에는 배부른 고양이의 그것과 닮은, 아주 만족스러운 미소가 걸려 있었다.

3장. 미쳐도 곱게 미쳐야지

미쳐도 곱게 미쳐야지

'제정신인가?'

그리그 후작이 떠올릴 수 있는 생각은 단지 그것뿐이었다.

저 애송이가 제정신이 박혀 있다면 이럴 수는 없었다.

그가 죽지 않았다는 사실은 이미 보고받아 알고 있었다. 대충 예상한 바이긴 했다.

아직은 견습 신분에다, 나이가 어리다 하더라도, 천재로 소문이 자자한 기사였다. 그 정도로 쉽게 죽일 수 있을 거라고는 그리그 후작 역시 생각하지 않았다.

하지만 최소한 몸은 사려야 정상 아닌가?

적어도 한동안은 생활관에 처박혀서 코빼기도 보이지 않을 거라 생각한 그였다. 어쩌면 꼬리를 말고, 기죽은 모습을 볼 수 있을 거라 기대까지 했는데.

"왜 그러십니까? 아, 피차 얼굴 마주해서 유쾌할 사이가 아니긴 하죠, 저희."

아렌트가 스윽, 입꼬리를 올렸다.

"하지만 오늘은 좋은 날이잖습니까. 잠깐 휴전하고 서로 기분 좋게 보내는 편이 좋지 않겠어요?"

"네놈……."

후작의 얼굴이 벌겋게 달아올랐다. 하지만 그는 인내심을 발휘해 가까스로 호통을 터트리려는 걸 참아 냈다.

여기서 화를 내면 우스워지는 건 후작뿐이었다.

살벌해지는 분위기를 인지한 노이만 점장이 급하게 끼어들었다.

"그, 그리그 후작님. 그간 격조했습니다. 잘 지내셨는지요?"

"……오랜만이군요."

그리그 후작은 벌레 씹은 낯을 숨기지 못하면서도 노이만 점장이 내민 손을 맞잡았다.

"저렇게 표정 관리를 못 해서야, 원."

아렌트가 끌끌 혀를 찼다.

발끈한 후작이 아렌트를 향해 뭐라 소리치려는 순간, 마침 홀 입구 쪽에서 우렁찬 목소리가 터져 나왔다.

"황태자 전하께서 입장하십니다!"

후작은 열었던 입을 다시 닫을 수밖에 없었다.

시종들의 손에 홀의 문이 열리고, 평소보다 화려한 차림의 칸타레스가 제레온을 대동하고서 저벅저벅 홀 안으로 걸어 들어왔다.

귀족들은 가슴 위에 손을 얹은 채 고개를 숙이는 것으로 황가의 적통 후계자에게 예를 표했다.

아렌트 역시 마찬가지였다. 그는 후작은 안중에도 없다는 듯, 칸타레스를 향해 기사로서의 예를 취하고 있었다.

후작 역시 이를 북북 갈면서도 주변에 있는 이들을 따라 할 수밖에 없었다.

칸타레스는 누군가를 찾듯 주위를 두리번거리다 곧 아렌트를 발견했다. 곧이어 자신을 향해 공손히 고개를 숙인 노이만 점장과, 그 옆에서 노골적으로 기분 나쁜 티를 내는 그리그 후작까지 찾아냈다.

'벌써 한바탕한 모양이군.'

슬쩍 입꼬리를 올린 칸타레스는 자신을 위해 마련된 상석을 향해 걸음을 옮겼다. 시종이 달려와 칸타레스에게 은쟁반으로 받친 샴페인 잔을 공손히 내밀었다.

칸타레스가 잔을 높이 들고 유쾌하게 말했다.

"뜬금없이 마련한 자리인데도 이렇게 많은 분이 참식해 주셔서 기쁘기 그지없습니다. 오늘은 부디 근심 걱정은 잊어버리고 편히 즐겨 주시면 감사하겠습니다. 루체 신께서 이 자리를 축복하시길."

"황제 폐하께 영광을!"

"폐하와 전하께 루체 신의 축복이 깃들길 바랍니다!"

단정한 건배사가 끝나자, 환호가 터지며 가볍게 잔을 부딪치는 소리가 여기저기서 맑게 울렸다.

본격적으로 연회가 시작되는 순간이었다.

* * *

시간이 흐를수록 후작은 점점 초조해졌다. 급기야 손톱을 물어뜯기 시작했다.

'이런 식이면 곤란하다고.'

이 연회는 두 번 다시 오지 않을 기회였다. 사교 자리야말로 사업가에게는 투자자와 고객을 한꺼번에 붙잡을 수 있는 가장 중요한 자리였다.

후작 역시 이번 연회에서 많은 것을 얻을 수 있을 거라 기대하고 참석했다. '그들'에게도 이번에야말로 후원자를 대거 찾아낼 수 있을 거라며 호언장담까지 한 터였다.

하지만······.

그리그 후작은 핏발 선 시선을 옮겨 삼삼오오 모인 귀부인들을 뚫어져라 노려보았다.

"그 후작님이 어린 기사에게 암살자를 보냈다나 봐요."

"은발의 기사님 맞죠? 이스트 금고를 지켜 내셨다는.

듣자 하니 그 어린 기사가 괴팍하다고는 하더군요."

"하지만 그래도 그렇지, 어찌 제 나이 반도 안 되는 청년에게……."

그들 딴에는 소리를 잔뜩 죽이고 소곤대고 있었지만, 후작의 귀에는 그 모든 대화가 똑똑히 들려왔다. 다른 쪽에서는 노이만 점장을 둘러싼 자본가들이 기분 좋게 사업에 대한 대화를 나누고 있었다.

"목장 몇 개를 따로 인수하셨다고요. 이스트 상단에 물건을 공급하던 업체와는 다른 곳인 모양이죠?"

"예, 그렇습니다. 최근에 특이한 종자의 양을 수입해 와서 사육하고 있답니다. 원래 칼리온 제국에서는 키우지 않는 종인데, 털의 색깔이 아주 곱다고 하더군요."

"저도 들은 바 있습니다. 왕국에서는 아주 고급품으로 취급된다지요? 제국 내에서 번식까지 성공하면 아주 대성공을 거두겠군요."

"예, 저도 기대하고 있습니다."

이런 경우는 처음이었다. 심지어는 눈을 마주친 이들도 살갑게 인사를 건네 오는 게 아니라 슬슬 피하기에 바빠 보였다.

이곳에 그가 있을 자리는 없었다.

끼어들 곳도 없었다.

실수했다.

이건 명백한 그의 실책이었다. 사람들이 어느 정도 모인 다음에 나타나는 것이 모양새가 좋을 거라 생각해 느지막이 입장했는데, 그것이 화근이 된 모양이었다.

노이만 점장이 일찌감치 분위기를 장악해 버릴 거라 예상했다면, 적어도 그보다 먼저 나와서…….

"아니, 아니지."

다른 이유를 더 댈 것도 없었다. 모든 화근은 아렌트 폰 에크하르트였다.

겁을 주는 게 아니라 처음부터 놈을 죽여 버렸더라면!

"그분을 실망시키면……."

버려지고 만다.

어떻게든 이 상황을 만회해야만 했다.

그때, 누군가가 그의 옆에서 조심스럽게 말을 건넸다.

"그리그 후작님, 잠시 괜찮으십니까?"

생각에 골몰했던 후작이 흠칫 놀라 뒤를 돌아보다가, 익숙한 얼굴의 상대를 확인하고는 안도의 한숨을 내쉬었다.

"귄터 남작이군."

"예. 그, 이런 질문을 드리는 게 결례가 아닌지 모르겠습니다만…… 괜찮으십니까?"

귄터 남작은 조심스럽기 그지없는 태도로 물었.

귄터 남작은 혼자 온 게 아니었다. 그의 뒤에는 남작과 비슷하게 수심 가득한 표정을 한 이들이 몇 명 더 있었다.

안도감도 잠시, 그리그 후작은 그들이 이렇게 불안한 얼굴로 괜찮으시냐고 물어 올 정도로 추태를 보이고 말았다는 생각에 다시금 심기가 불편해지고 말았다.

"괜찮지 않을 건 뭐가 있나. 문제없네."

"그러시다면 다행입니다. 저기, 그……."

그리그 후작이 까칠하게 대답하자 귄터 남작이 어색한 미소를 지어 보였다.

"정원…… 쪽도 문제가 없는 게 맞지요?"

"당연하네. 문제가 생길 게 뭐가 있나? 아니면…… 혹시 내 말을 의심하는 건가?"

"의심이라뇨! 그럴 리 없습니다!"

귄터 남작이 펄쩍 뛰며 고개를 내저었다. 그와 함께 온 이들도 내내 불안한 기색을 감추지 못하고 있었다.

그리그 후작은 속으로 혀를 쯧, 찼다.

"안심해도 좋네. 내가 말한 대로만 하면 자네들에게도 아주 큰 이득이 생길 테니까."

"예…… 그, 그렇죠. 후작님만 믿겠습니다."

그제야 귄터 남작의 창백하던 얼굴에 생기가 돌았다. 그와 함께 온 다른 귀족들의 낯에도 안도의 기색이 역력했다.

'나약하기는.'

하긴, 불안할 수밖에 없을 것이다. 큰돈이 걸린 문제이니까.

게다가 아직 이들은 자신들이 협력할 사업이 정확히 어떠한 것인지 잘 모르는 상태이기도 하고.

그리그 후작의 표정이 조금 누그러졌다.

하지만 바로 그때, 초대받지 않은 목소리가 불쑥 대화에 끼어들었다.

"이득이라…… 큰 이득을 볼 수 있다는 말만 앵무새처럼 조잘거리는 사람의 말을 어떻게 믿습니까?"

"……!"

그들은 누가 먼저랄 것 없이 몸을 홱, 돌렸다.

더할 나위 없이 익숙한 얼굴의 청년이 어느새 그들 바로 뒤에 버티고 서 있었다.

무심한 황금색 눈동자와 눈이 마주친 귄터 남작이 소스라치게 놀라 기함을 터뜨렸다.

"아, 아렌트 경? 어느새……."

"아, 놀라셨습니까? 본의 아니게도 기척 죽이는 게 습관이 되어서요."

아렌트가 전혀 안 죄송한 표정으로 뻐딱하게 고개를 숙였다.

가까스로 평정을 되찾았던 그리그 후작의 얼굴이 벌겋게 달아오르기 시작했다.

"애송이 주제에 여기가 어디라고······."

"어디긴 어딥니까, 황궁이지. 황궁 내에서 황실 기사단 소속 기사가 가지 못할 곳은 없습니다. 필요하다면 폐하의 처소에도 들어갈 수 있는데."

"뭐, 뭐?!"

불경한 말에 경악한 사람들을 모른 척, 손가락 끝에 걸린 샴페인 잔을 빙글빙글 돌리며 아렌트가 밉살맞게 말했다.

"얼핏 들었습니다. 후작님도 새로운 일을 준비하십니까? 큰 이득이라니, 저도 관심이 좀 생겨서요. 이분들도 후작님 일에 관심이 있어서 모이신 거겠죠?"

아렌트의 눈이 귄터 남작과 다른 이들을 하나하나 훑어보았다.

시선이 마주친 이들은 슬그머니 고개를 돌려 버렸.

아렌트는 어깨를 으쓱하며 다시 후작에게 눈길을 주었다.

"그나저나······ 시기가 안 좋네요. 지금은 자본을 대 줄 사람을 모으는 것도 어려울 것 같은데, 괜찮으시겠습니까?"

"······경이 알 바는 아니다."

으드득, 후작이 이를 갈아붙였다.

하지만 아렌트는 거기에서 말을 끝내지 않았다.

"하기야 후작님보다야 노이만 점장님 쪽이 훨씬 더 신뢰 가는 사업가처럼 보이는 게 당연한 일이라고 생각합니다."

"뭐라고?"

"큰 이문을 줄 거란 말만 반복하고, 그게 어떤 일인지는 제대로 설명조차 안 해 주는 사람보다야 저어기, 새로 들여온 종자의 양에 대해서 신나게 떠드는 사람 쪽이 더 믿음직스럽지 않겠습니까?"

아렌트의 눈초리가 살짝 휘어졌다.

"그래서 저도 노이만 점장님께 제 얼마 안 되는 재산을 맡겼습니다. 노이만 점장께서 앞으로 시작하실 '노이만 상단'의 첫 주주가 저라고 합니다. 감사한 일이에요."

아렌트는 턱을 살짝 짚으며 고개를 한쪽으로 기울였다.

그 몸짓은 명백한 비웃음을 담고 있었다.

후작의 옆에 늘어선 이들은 혼이 쏙 빠져나간 채 멍하니 아렌트의 말을 듣고만 있었다.

"노이만 점장님이 은혜는 절대 잊지 않겠다고 말씀하시던걸요. 사실 저희는 기사로서 해야 할 일을 했을 뿐입니다만, 일부러 거절하는 것도 도리가 아닐 테니까요."

저자가 계속 떠들도록 둬서는 안 된다.

분노하다 못해 머릿속이 하얘진 그리그 후작의 주먹이

꽉 쥐어진 채 덜덜 떨리기 시작했다.

"게다가 조금 마음에 안 든다고 암살자를 보내는 짓도 안 하실 테고. 아무리 생각해도 참 쪼잔해 보이더군요."

"이…… 이……."

"어라? 후작님, 안색이 안 좋으십니다. 아직 몸이 안 좋으십니까?"

붉으락푸르락 변하는 후작의 얼굴을 유심히 들여다보며 아렌트가 너스레를 떨었다.

"농담입니다, 농담. 설마 후작님이 그런 짓을 하셨겠습니까? 암살자야 다른 놈들이 보냈겠죠. 최근에 황실을 적대하려는 불온한 세력이 있지 않았습니까. 저도 그 녀석들 덕분에 팔자에도 없는 지하 감옥까지 구경했잖습니까."

젊은 기사의 말이 이어질수록 귄터 남작을 비롯한 이들의 얼굴이 시시각각 창백해졌다.

"좋은 날인데 웃으셔야죠. 와인 한잔 가져다 드릴까요? 휘낭시에도 아주 맛있습니다. 황태자께서 특별히 요리사에게 명해 만들었다고 하시더군요."

후작은 더 이상 아렌트의 말이 들리지도 않는 모양이었다. 그의 어깨가 빠르게 오르락내리락하기 시작했다.

"음악도 좋고, 사람도 좋고, 홀도 아주 훌륭한데 후작님만 영 기분이 나빠 보이시는군요. 흠, 설마 후작님 나이의 반도 안 되는 어린 기사 하나가 깐족댔다고 그러실 리는 없을 테고."

후작의 시선이 끊임없이 말을 쏟아 내는 아렌트의 입술에 꽂혔다.

아렌트가 유쾌하게 주절거렸다.

"아, 알겠다. 후작님이 진행하신다는 그 일, 저도 궁금한데 제게도 이야기를 들려주시지 않겠습니까? 아무도 후작님께 관심이 없으니 저라도 이야기를 들어 드리겠습니다."

뚜욱.

거기에서 그리그 후작의 얼마 남지 않은 인내심이 완전히 끊어져 버렸다.

이변을 알아차린 귄터 남작이 비명을 질렀다.

"후작님!"

"이 빌어 처먹을 애새끼가!"

노성을 터뜨린 후작이 아렌트의 안면을 향해 주먹을 휘둘렀다.

갑작스러운 소란에 그들을 지켜보던 이들도 짧게 비명을 질렀다.

하지만 그 모든 것은 그리그 후작의 귓가에는 전혀 들리지 않았다. 분노에 찬 후작의 눈은 그저 덤덤한 아렌트의 얼굴만을 가득 담아낼 뿐이었다.

후작의 주먹이 아렌트의 뺨을 정확히 후려쳤다.

아니, 후려치려고 했다.

덥석.

아렌트의 뒤에서 불쑥 뻗어 나온 손이 후작의 팔을 낚아챘다.

후작이 눈을 휘둥그레 떴다.

미처 예상치 못한 일에 아렌트 역시 조금 놀란 눈으로 뒤를 돌아보았다.

처음 보는 사람이 거기에 서 있었다.

장신의 남자가 딱딱하게 굳은 얼굴로 후작의 손목을 틀어쥐고 있었다. 희다 못해 창백한 얼굴에 매달린 외알 안경이 아렌트와 그리그 후작의 모습을 고스란히 비쳤다.

"후작님, 많이 흥분하신 것 같습니다."

"……슈, 슈타들러 백작."

후작이 더듬더듬 그의 이름을 불렀다.

조심스럽게 후작의 팔을 놓아주더니, 아렌트 쪽으로 시선을 돌렸다.

"아렌트 경께서도 이만하시는 게 좋을 듯합니다."

그를 물끄러미 보던 아렌트는 여러 말로 대꾸하는 대신 후작에게서 한 걸음 물러섰다. 더 이상 대거리하지 않겠다는 뜻이었다.

사실 이제 그럴 필요도 없었다.

이미 목적은 달성했으니까.

'설마 이자가 나타날 줄은 몰랐지만.'

예상 밖의 거물이 등장한 순간이었다.

'렉스 폰 슈타들러.'

그의 이름을 되뇌어 보던 아렌트의 입가에 미소가 스쳤다.

설마 이자가 여기에서 튀어나올 줄은.

거물이라고 해도 지금 그렇다는 건 아니었다. 앞으로 그렇게 될 거라는 뜻이지.

라이오스나 칸타레스와 비슷할 정도의 장신에, 길게 기른 머리칼은 가지런히 정돈되어 한 갈래로 묶여 있었다.

얼핏 보아서는 유순하기 그지없는 인상이었다.

하지만 이 남자를 생긴 그대로 판단하면 안 된다는 사실은 이미 잘 알고 있었다.

제국이 불바다에 휩싸였을 때, 누구보다 먼저 황실을 등지고 반란군의 편에 선 귀족이었으니까.

저 온순한 얼굴 아래에 어떤 괴물이 잠들어 있는지 아렌트는 아주 잘 알았다.

황실 마법사단 소속의 연구자, 렉스 폰 슈타들러.

얼핏 점잖은 사람으로 보이는 그는, 사실 제 연구에 목이 마르다 못해 환장한 작자였다.

'결국 반군 손에 넘어가서 금기를 깨는 연구에도 손을 대 버렸지.'

그리고 제국은 적에게 천재를 빼앗긴 대가를 톡톡히 치러야 했다. 후에 슈타들러 백작은 라이오스의 손에 죽지만, 그 과정에서 생긴 피해는 참혹했다.

"아렌트 경?"

"……."

자신을 응시하는 아렌트가 의아한지 슈타들러 백작이 말을 걸었지만 아렌트는 뚱하니 그를 응시할 뿐 아무런 대꾸도 하지 않았다.

그 침묵을 뭐라고 해석했는지, 슈타들러 백작은 어색한 미소를 짓고는 다시 그리그 후작 쪽을 보았다.

"후작님, 경솔하셨습니다. 아무리 그래도 손찌검이라니요. 게다가 황태자 전하께서도 계신 이 자리에서."

"아니, 백작…… 그게 아니라."

그리그 후작이 허둥지둥 변명하려 했다. 하지만 그의 말은 끝까지 이어지지 못했다.

라이오스의 목소리가 불쑥 끼어든 탓이었다.

"실례합니다. 제 수하와 문제라도 있으셨습니까?"

슈타들러 백작이 급하게 뒤로 물러나 라이오스에게 자리를 만들어 주었다.

다가온 건 라이오스만이 아니었다. 단장의 바로 뒤에는 아서와 리히트를 비롯한 3기사단의 몇몇, 게다가 다이아나와 켄드릭까지 가만히 후작을 주시하고 있었다.

"어린 녀석이 까분다고 하더라도 폭력은 곤란하지. 그렇지 않소, 후작?"

켄드릭이 빙그레 미소 지으며 은근히 말을 붙였다. 거기에 다이아나가 한마디 거들었다.

"게다가 후작님이 손찌검하고 싶다고 하더라도 쉽게 때릴 수 있는 녀석이 아니라서요."

"황실 기사단이 그리 호락호락하지 않지. 게다가 후작이 알다시피 그놈 성질머리가 장난 아니라, 백작이 막지 않았더라면 후작이 더 큰 곤욕을 치렀을걸."

켄드릭이 눈을 가늘게 떴다.

졸지에 세 기사단장 모두에게 둘러싸이게 된 후작은 이를 으득, 악물고는 비명을 내지른 귄터 남작을 잡아먹을 듯 쏘아보았다.

남작의 얼굴이 백지장처럼 창백해진 것은 당연한 일이었다.

"아무래도 나이가 나이인지라 이런 자리가 점점 벅차군요. 그럼 이만."

쏘아붙이듯 사납게 말한 후작은 간단한 인사만 남기고 성큼성큼 홀을 벗어나 버렸다. 귄터 남작과 다른 이들이 황급히 뒤를 따라나섰다.

그들을 잡는 사람은 아무도 없었다.

다들 아연실색한 눈으로, 떠나는 그리그 후작 일행의

뒷모습을 멍하니 볼 뿐이었다.

그 침묵을 깨뜨린 건 아렌트의 퉁명스러운 목소리였다.

"왜 이렇게 몰려오셨어요? 잠깐 언쟁이 벌어진 것뿐인데."

"보나마나 네가 후작의 성미를 긁었겠지. '적당히'라는 말을 모르냐, 경은?"

"죄송합다."

다이아나의 힐책에 아렌트가 전혀 죄송하지 않은 얼굴로 대꾸했다.

"그냥 가만히 있을 걸 그랬습니다. 저 때문에 괜히 후작님만 곤란해지신 게 아닌지……."

"개의치 마세요. 백작님 덕분에 일이 더 커지지 않고 끝날 수 있었으니까요."

다이아나가 미소 지으며 어깨를 축 늘어뜨리는 슈타들러 백작을 달랬다. 그에 반해 아렌트는 자신 때문에 벌어진 소동에는 더 이상 관심이 없는 모양이었다.

라이오스는 아렌트의 시선이 다른 곳을 향한다는 것을 깨달았다.

'어딜 보는 거지?'

자연스레 그 역시 아렌트가 보는 곳을 향해 고개를 돌렸다.

거기에는 칸타레스가 있었다.

언제부터인지 칸타레스는 일련의 소동을 가만히 주시하고 있던 것 같았다.

이만한 소동을 일으켜 놓고 당돌하게 황태자를 빤히 쳐다보는 아렌트의 작태는 당돌하기 그지없었다.

'됐어요?'라고 묻는 듯한 얼굴에 칸타레스는 피식 웃음을 터뜨리며 고개를 끄덕여 주었다.

이미 제레온이 그리그 후작의 뒤를 밟으러 떠난 뒤였다. 칸타레스는 저 맹랑한 견습 기사가 만들어 낸 결과물이 제법 흡족했다.

하지만 아렌트는 멈출 생각이 없는 모양이었다.

아렌트가 슈타들러 백작을 향해 고갯짓했다. 그 작은 몸짓의 의미는 명확했다.

'아직 만족 못 한 모양이군.'

난데없이 슈타들러 백작이 끼어든 상황은 다소 의아하긴 했다.

애초에 백작은 이런 자리에 얼굴을 잘 비추는 사람이 아니었다. 이런 자리보다는 제 연구에 몰두하는 쪽을 좀 더 좋아하니까.

칸타레스는 아렌트를 향해 가볍게 고개를 끄덕여 주었다.

더 파고들어도 괜찮다는 뜻이었다.

아렌트는 그 신호를 보는 둥 마는 둥 하며 시선을 돌려 버렸다.

어느새 어린 견습 기사는 슈타들러 백작을 향해 은근한 시선을 보내고 있었다. 마치 다음 사냥감을 찾아낸 사냥개 같은 꼴에 칸타레스는 그만 웃음을 터뜨려 버렸다.

"골 때리는 놈이군."

슬슬 아렌트가 또 어떤 것을 물어 올지 기대되기 시작했다. 저런 놈과 엮이게 될 슈타들러 백작에게는 조금 미안한 일이지만.

* * *

연회가 열리는 홀에 사람이 몰린 탓에 황성은 유난히도 한산했다.

아득히 들려오는 홀의 음악 소리를 멍하니 들으며 슈타들러 백작은 짧게 한숨을 내쉬었다.

"휴우……."

역시 저런 자리는 익숙하지 않았다. 게다가 후작과는 분명 다른 이야기를 나누기로 약속했었는데, 예상치 못한 상황으로 일이 틀어져 버렸다.

후작이 주먹을 드는 걸 보고서 얼떨결에 끼어들긴 했지만…….

'나중에 사죄는 드려야 하겠지.'

3기사단의 감당 안 되는 견습 기사 소문은 가끔 들은 적 있었다. 하지만 그를 직접 본 것은 오늘이 처음이었다.

누구나 한 번쯤은 눈길을 줄 수밖에 없는 청년이긴 했다.

게다가 그 괴팍한 성격이란.

제국 전체를 뒤져도 그에 준할 만한 성질머리는 찾기 어려울 것 같았다.

별것 아닌 일에도 울컥하는 일이 잦은 그리그 후작이 속수무책으로 도발에 넘어간 것도 당연했다.

그때 사박, 뒤에서 조심성 없는 발소리가 들려왔다.

동시에 심드렁한 목소리가 조용하던 정원에 파고들었다.

"제가 감사 인사를 해야 합니까?"

참 삐딱한 물음이었다. 지금 이런 식으로 말을 걸어올 사람은 딱 한 명뿐이었다.

슈타들러 백작은 어색한 미소를 지으며 뒤를 돌아보았다.

"아니요, 괜찮습니다. 제가 멋대로 끼어든 것이니 감사 인사는 필요 없습니다."

"그러시겠죠."

건성으로 어깨를 으쓱한 아렌트가 어슬렁 걸어 슈타들러 백작의 바로 옆까지 다가갔다.

"고민이 많아 보이시네요."

"하하. 뭐, 별일은 아닙니다. 그리그 후작님의 기분을 따로 풀어 드려야 하나, 하고요."

"그 사람이 사과를 받는다고 기분을 풀겠어요?"

아렌트가 뚱하니 대꾸하자 슈타들러 백작이 창백한 얼굴에 웃음을 드리우며 고개를 끄덕였다.

"하긴 그도 그렇습니다. 그리그 후작님은 성미가 불같으신 분이니까요. 아렌트 경께서도 잘 아시는 것처럼요."

"흐음."

저렇게 말하니까 멀쩡한 인간 같네.

아렌트는 속으로 되뇌며 슈타들러 백작의 옆얼굴을 힐끗 곁눈질했다.

슈타들러 백작 개인의 무력이 강한 것은 결코 아니었다. 평생 연구만 해 온 탓에 최소한의 호신술도 익히지 못했으니까.

전투 마법사로서 재능이 있던 것도 아니었다.

슈타들러 백작은 생물이 품은 마력을 연구하고 있었다. 신체에서 마력 핵을 뽑아내는 기술을 구현해 내, 그 공로로 황실 마법사 내에서 고문 연구자로 일하고 있었다.

이후 반군 쪽에 넘어간 슈타들러 백작은 그 기술을 토대로 고대에 금지된 마법을 부활시키고 말았다.

제국을 혼란에 빠뜨린 것은 바로 슈타들러 백작의 연구 결과물들이었다.

잠시 그것들을 떠올린 아렌트는 저도 모르게 몸서리를 쳤다.

'구울이라고 했던가.'

그는 시체로 만든 군단을 탄생시켰다.

이지를 잃고 철저히 명령만을 따르는 몬스터, 짐승, 인간…… 급기야는 강한 몬스터의 시체들을 합쳐 말도 안 되는 괴물을 만들어 내기도 했다.

그 괴물 하나하나의 몸뚱이는 검기가 아니면 벨 수 없을 정도로 말도 안 되게 단단했다.

마지막에는 어디서 구했는지 드래곤의 시체로 만든 구울까지 등장해 라이오스와 기사들을 한참이나 고전하게 만들었다.

온몸이 찢겨 나가는 고통 속에서도 라이오스는 두 발로 버티고 섰다. 생을 마감한 기사들의 외마디 비명이, 힘없는 제국민의 오열이 머릿속에 가득 차올랐다.

렉스 폰 슈타들러는 제가 만들어 낸 작품들의 잔해 가운데에서 광소를 터뜨렸다. 그 광기 아래에 보이는 것은 어쩌면 처연함일지도 몰랐다.

'그랬는데…….'

슈타들러 백작을 응시하는 아렌트의 눈에 꺼림칙함이

드리웠다.

하루의 대부분을 연구실에 처박혀 보내는 사람답게 안색은 희다 못해 창백했다. 그 위에 달빛까지 드리우니 한 대 툭 치면 쓰러질 것처럼 위태로워 보였다.

게다가 제자리를 찾지 못하고 방황하는 눈동자는 그의 불안한 심리를 대변해 주는 듯했다.

숱한 민간인에게 학살 수준의 피해를 안기고, 기사단 내부에서도 여럿 사망자를 낸 사람과 동일인이라고는 믿기 힘들 정도였다.

아까 연회장에서 그리그 후작을 막아선 게 용해 보일 정도.

"하아아아⋯⋯."

"왜 그러십니까?"

"아닙니다. 아무것도."

갑자기 아렌트가 커다란 한숨을 터뜨리자 슈타들러 백작이 의아하게 물어 왔다.

대충 둘러댄 아렌트는 주머니에 손을 푹 꽂아 넣었다.

본색을 숨기고 점잖은 척하는 것이거나, 아니면⋯⋯.

'아직은 정신 줄을 놓지 않은 모양이지.'

미친 사람이 일부러 멀쩡한 행세를 하는 것 같지도 않았다.

그리고 오늘, 그리그 후작이 슈타들러 백작에게 쩔쩔매

던 태도와…… 지금 보이는 백작의 불안한 모습까지.

그렇다면 지금 슈타들러 백작이 어떤 상황인지는 대충 짐작할 수 있었다.

'도박인데.'

까닥하다간 자신이 더 곤란해질지도 몰랐다. 이미 백작이 그들 손에 완전히 넘어갔을 가능성도 있으니까.

하지만 대참사를 막을 기회는 지금이 마지막이었다.

짧은 고민 끝에 아렌트는 행동 방침을 결정했다.

일단은 꼬드긴다.

"백작님."

"예?"

갑작스러운 침묵 때문에 어색해하던 백작은 아렌트가 난데없이 부르자 흠칫 놀라며 고개를 돌렸다.

한참이나 딴생각에 푹 빠져 있던 것 같던 젊은 기사는 어느새 이쪽을 똑바로 바라보고 있었다.

표정을 읽을 수 없는 얼굴에 달빛이 깃들고, 황금색 눈동자가 기이한 빛을 드리웠다.

잠깐 고민하는 척하던 아렌트가 운을 뗐다.

"혹시 고민이 있으십니까?"

"예?"

"아까부터 수심이 가득해 보이시는데. 뭔가 큰 걱정이라도 있으신가, 해서."

아, 진짜 사이비 권유 같은 멘트다.

백작이 눈을 휘둥그레 뜨는 것을 보며 아렌트는 조금 흐뭇해졌다.

하지만 이게 또 통할 때가 제법 있었다. '무슨 일 있으십니까?'라는 질문은 많은 이야기를 개막시키는 마법의 주문과도 같았다.

게다가…….

"어떻게 아셨습니까?"

진짜로 고민 많은 사람에게는 제 짐을 풀어놓을 하나의 활로처럼 보이기도 하고.

저도 모르게 놀란 목소리를 냈던 슈타들러 백작이 멈칫했다.

아렌트는 모르는 척하며 어깨를 으쓱했다.

"제가 큰 도움이 될지는 모르겠지만 혼자 고민하시는 것보다 누구에게 털어놓는 게 더 나을지도 모르잖습니까. 그리고 어쩌면……."

잠깐 뜸을 들인 아렌트가 담백하게 덧붙였다.

"백작님이 서와 비슷한 처지일지도 모르겠다는 생각에."

뭐에 홀리기라도 한 듯 멍하니 아렌트를 보던 백작의 눈이 점점 커져 갔다.

한참이나 뜸을 들인 뒤, 슈타들러 백작이 어색하게 미

소 지었다.

"……처지가 비슷하다니, 무슨 말씀인지 잘 모르겠습니다."

"글쎄요, 백작님 정도 되는 분이시라면 대충 짐작은 하실 거라고 생각하는데. 제가 누구인지 아실 거 아니에요."

아렌트가 누구인가.

슈타들러 백작은 당연히 잘 알았다. 제3기사단의 말썽쟁이 견습 기사. 하지만 지금 아렌트가 원하는 답은 그게 아닌 것 같았다.

모처럼 차려입은 예복 아래로 은빛 팔찌가 달빛을 받아 반짝였다.

슈타들러 백작이 저도 모르게 입술을 깨물었다.

"제가 정말 아무 이유 없이 그리그 후작님께 시비를 걸었다 생각하십니까?"

"예?"

솔직히 좀 재밌긴 했지만, 이건 지금 할 이야기는 아니었다. 그 대신 이 타이밍에 협박용으로 팔아먹기 딱 좋은 이름이 하나 있었다.

아렌트는 팔짱을 끼고는 눈을 아래로 내리깔았다.

"꼬리가 길면 잡히는 법입니다. 황태자 전하께서는 그리그 후작을 의심해 주시고 계시죠."

"그럼, 오늘 소동을 일으킨 것도 설마…… 황태자 전하의 명령이었습니까?"

경악해 더듬더듬 묻는 백작에게 아렌트는 고개를 살짝 끄덕여 주었다. 백작은 머리가 새하얘진 듯 한동안 입술을 달싹이다, 간신히 한마디를 내뱉었다.

"그, 그걸 왜 제게 알려 주십니까?"

"백작님께서 먼저 도움을 주셨으니, 저도 이 정도 조언은 해 드리는 게 이치에 맞다고 생각했을 뿐입니다."

아서가 봤다면 네가 언제부터 이치를 따졌냐며 한 대 갈겼을 법한 발언이었다.

"게다가 백작님은 아직 갱생의 여지가 있어 보였으니까요."

"갱생…… 말씀이십니까?"

"백작님, 후회할 짓은 안 하는 게 좋습니다."

또다시 한참의 침묵이 흘렀다.

아렌트는 느긋하게 기다렸다. 이다음 이어질 대사는 아마 그거겠지.

"후회할 일이라는 걸, 경께서 어떻게 아십니까?"

역시나 틀에 박힌 대답이었다. 목소리가 조금 떨리는 와중에도 느껴지는 오기까지 완벽했다.

아렌트는 시선을 들어 슈타들러 백작과 눈을 맞췄다.

"비슷한 짓거리를 해 봤으니까. 의심스러운 놈들 손은

함부로 잡는 거 아니에요."

슈타들러 백작은 저도 모르게 멍한 얼굴을 하고 말았다.

몇 초 뒤, 그렇지 않아도 새하얀 그의 낯이 백짓장처럼 창백하게 질렸다. 아렌트가 정말로 모든 걸 다 알고 있다는 사실을 이제야 실감한 거였다.

아렌트는 고개를 까닥이며 말을 이었다.

"달콤한 제안이라도 받으셨습니까? 황성에서 금지한 연구를 진행할 수 있도록 지원해 주겠다거나."

굳이 대답을 듣지 않아도 충분히 알 수 있었다. 당장이라도 넘어갈 것 같은 백작의 낯빛이 대신 말해 주고 있었으니까.

"백작님, 표정 관리를 너무 못 하시는 거 아니에요? 그런 주제에 무슨 나쁜 짓을 하겠다고."

"아렌트 경, 잠깐 제 이야기를……!"

"안심하세요. 고발 같은 걸 할 생각은 전혀 없으니까."

주머니에 손을 푹, 찔러 넣은 채 아렌트가 툭 내뱉었다.

슈타들러 백작은 완전히 아연실색했다. 아렌트는 그가 생각을 정리할 수 있도록 잠깐 입을 다물어 주었다.

밤하늘은 아름다웠다. 아직 덜 찬 달은 가장 밝은 보석이라도 되는 것처럼 별 사이에서 분명히 그 존재감을 드러냈다.

아득히 들려오는 경쾌한 음악과 두런두런 오가는 말소리 속, 슈타들러 백작이 덜덜 떨리는 손으로 제 얼굴을 쓸어내렸다.

"……그들과 깊이 엮이지는 않았습니다. 단지 연구를 몇 개 의뢰받았을 뿐입니다."

"말씀하시는 것을 듣자 하니, 그놈들의 정체가 뭔지 대충 짐작하신 모양이네요."

순순히 흘러나온 긍정의 말에 아렌트가 아무렇지도 않게 물었다. 그러자 슈타들러 백작이 천천히 고개를 끄덕였다.

"예, 자세히는 모르지만. 말씀하신 대로 짐작 정도는 했습니다. 황실에서 예의 주시하는 집단이 있다는 것 정도는 저도 알고 있었으니까요."

가슴이 답답한지 슈타들러 백작이 커다랗게 한숨을 푹 내쉬었다.

더 이야기해도 괜찮을까.

백작은 잠시 망설였지만 이내 고개를 내저었다. 지금 더 숨겨 봤자 의미 없다는 것을 깨달은 탓이었다.

"그들의 존재가 본격적으로 수면 위에 떠오른 것은 경의 재판 이후입니다만…… 제일 처음 황태자 전하께 도착했다는 그 쪽지. 그것의 발신자를 추적하는 연구에는 저 역시 함께했으니까요."

"아하."

이건 몰랐던 사실이었다.

슈타들러 백작의 말이 이어졌다.

"결국 추적은 실패로 돌아가고 말았지요. 그 뒤…… 그러니까 경이 석방되고 나서 얼마 지나지 않았을 무렵입니다."

슈타들러 백작이 시선을 떨어뜨렸다.

아렌트는 잠자코 뒤이어질 말을 기다렸다.

"그리그 후작님께 제안을 받았습니다. 자신이 아는 재력가가 있는데, 익명으로 연구해 줄 사람을 찾는다고요."

그런 경우가 드문 것은 아니었다. 황실 마법사단에서 일하긴 하지만, 소속 마법사가 아닌 슈타들러 백작은 따로 의뢰를 받아 연구를 진행하는 경우도 종종 있었다.

"별일이 아니라고 생각해서 승낙했습니다. 그런데 그때 받은 첫 의뢰가…… 상상도 하지 못한 내용이라."

지금부터가 본격적인 내용이었다.

아렌트의 눈동자가 이채를 드리웠다.

"처음 보는 종류의 마력 표본이었습니다. 의뢰는 단순히 그것을 분석해 달라는 내용이었고, 별다른 지시 사항도 없었습니다만."

거기까지 말한 슈타들러 백작이 마른침을 삼켰다.

"연구자로서 처음 보는 것에 어떻게 흥미를 가지지 않

을 수 있겠습니까? 밤낮없이 매달렸습니다. 그리고 의뢰인도, 저도 만족할 만한 결과물을 얻어 냈습니다."

"연구 결과가 어땠는데요?"

아렌트가 궁금증을 드러내자 백작은 잠깐 입술을 달싹였다. 차마 입 밖에 꺼내기가 망설여진다는 것처럼.

"……서로 다른 생물 두 종의 마력을 융합한 것이었습니다. 말도 안 되는 일이죠. 그 표본을 보낸 자가 도대체 누구인지, 무슨 수를 쓴 건지 미친 듯이 궁금해졌습니다."

괴로운 듯 드문드문 이어지는 목소리에 아렌트의 얼굴이 살짝 굳어졌다.

구울 연구는 슈타들러 백작이 합류하기 전에도 이미 시작되었던 것이다.

"불행인지 다행인지, 그리그 후작님이 다음 표본을 넘겨주셨습니다."

슈타들러 백작은 마치 고해 성사를 쏟아 내듯 이야기를 이어 갔다.

"그것 역시 처음 보는 성질의 마법이었고…… 첫 번째 것과도 또 조금 달랐죠. 네, 그런 식으로 의뢰가 계속해서 이어졌습니다."

연구가 진행되는 동안 그리그 후작은 계속해서 저자세로 나왔다. 그리고 그 이유를, 슈타들러 백작은 다섯 번째 의뢰를 받고 나서야 알 수 있었다.

"의뢰인이 제 연구 성과에 만족하셨다며, 본격적으로 함께 연구를 진행해 보지 않겠냐는 의사를 밝혀 왔습니다. 저는 그제야 그 집단의 이름을 알게 되었습니다."

점차 백작의 호흡이 가빠졌다.

크게 숨을 몰아쉰 백작이 토해 내듯 그 이름을 짓씹었다.

"부서진 심장의 검. 그렇게 말하더군요."

역시나.

아렌트의 눈빛이 차갑게 식어 갔다.

자신의 감정을 주체하기가 어려운지, 백작이 양손에 제 얼굴을 파묻었다.

"솔직히 위험하다는 것은 알고 있었습니다. 첫 번째 표본을 받은 순간 직감했습니다. 이건 금기를 어기는 연구라고."

아렌트는 그저 무감한 눈으로 가만히 그를 응시하기만 했다.

"그래서 말미를 달라 부탁했더니 오늘, 함께하는 새로운 사람들을 소개시켜 준다며…… 그들과 이야기를 나누면 생각이 좀 더 확고해질 거라더군요."

연구자의 어깨가 잘게 떨리기 시작했다.

"아, 하지만 일이 이렇게 되어 버렸으니 저는 이제 가망이 없습니다. 연구자로서의 인생도 끝나 버리겠지요."

백작에게는 정말 치명적인 함정이었다. 그들이 내민 미끼에 슈타들러 백작은 점점 중독되어 버린 것이다.

자신이 알 수 없는 미지의 세계에 이끌려, 그 위험성을 알면서도 종내에는 손을 뺄 수 없는 지경까지 이르렀겠지.

지금 슈타들러 백작이 속이 끓듯 안타까워하는 건 단지 죄책감 때문만은 아니었다.

황실 소속 기사에게 제 비행이 발각되고, 그리그 후작과의 연결 고리가 끊어졌으니, 더 이상 그 미지의 세계에 발을 들이지 못할 것이라는 좌절감 역시 클 터.

'미치기 직전이네.'

비극의 종막에서 결국 파멸을 맞이하고 마는 어리석은 자의 말로였다. 실제로 성검의 푸른 기사 속 슈타들러 백작의 마지막은 그러했다.

아렌트는 한숨을 푹 내쉬었다.

"끝 안 났습니다."

무심한 목소리에 슈타들러 백작이 퍼뜩 고개를 들었다.

"예?"

"끝 안 났다고요. 그 제안 아직 안 받으셨다면서요. 그럼 된 거지."

미쳐도 곱게 미쳐야지 〈151〉

"하지만……."

외알 안경 너머의 눈은 벌겋게 물들어 있었다.

물기 어린 눈동자에 비친 아렌트의 고개가 옆으로 갸웃했다.

"왜요? 그럼 뭐, 반란군에 가담이라도 하시게요? 그러실 예정이라면 미리 말씀해 주세요. 황태자 전하께 그리 보고드리게. 아마 저와 똑같은 재판장에 서시겠네요."

"아, 아니. 잠깐만요, 아렌트 경!"

"아니면 이대로 도망쳐서 은거하시는 것도 괜찮겠고. 도와주신 게 있으니 그 정도는 눈감아 드리겠습니다. 하지만 아마 위에서는 온 제국을 이 잡듯이 뒤져서라도 백작님을 찾아내려 할 걸요."

슈타들러 백작의 얼굴이 더욱 해쓱해졌다.

겁에 질린 백작이 다짜고짜 아렌트의 어깨를 덥석 붙잡았다.

"도와주십시오, 아렌트 경! 경은 이럴 때 어떻게 해야 하는지 알지 않습니까?"

"이럴 게 아니라 처음부터 폐하께 달려가 고했어야 합니다. 수상한 무리가 금지된 연구에 손을 댄 것 같다고요."

슈타들러 백작이 잡아먹을 듯 외쳤지만 아렌트의 반응은 냉담하기만 했다.

"호기심에 눈이 머셨으니, 그 책임은 직접 지셔야죠."

격앙에 찼던 슈타들러 백작의 눈에서 점차 힘이 빠졌다.

스륵, 그의 뼈밖에 남지 않은 손이 아렌트를 놓아주고 맥없이 툭, 떨어졌다.

"……그렇죠. 다 제 잘못이지요. 어린 기사를 붙잡고 이게 무슨 추태인지."

"하지만 활로가 없다고 말하진 않았습니다. 처음부터 말씀드렸잖아요. 백작님께는 갱생의 여지가 있다고."

이어진 아렌트의 말에 슈타들러 백작이 고개를 번쩍 들었다.

아렌트는 백작에게 성큼, 한 걸음 다가섰다.

그리고, 힘주어 한마디를 내뱉었다.

"맞서 싸우시면 됩니다, 백작님."

백작의 동공이 크게 확장됐다.

운명이 파멸을 가져왔다면, 그 운명을 비틀어 버리면 될 터.

"백작님은 그놈들에게 너무 가까이 다가갔습니다. 단숨에 잡아먹힐지도 모를 정도로요."

고작 대사 몇 마디를 추가하는 것만으로도 충분히 가능한 일이었다.

"하지만 그건, 거꾸로 놈들의 목덜미에 칼을 꽂아 넣는 것도 가능하다는 뜻이죠."

얼빠진 채 아렌트를 멍하니 응시하던 슈타들러 백작의 눈동자가 다시 축축하게 젖어들기 시작했다.

"손에 칼을 쥐세요, 백작님. 그리고 가장 안전한 지붕 아래에 들어가 스스로를 지키는 겁니다. 맞서 싸운다면 아무것도 포기하지 않아도 됩니다."

결코 크지 않은 목소리였지만, 휘영청 밝은 밤하늘 아래에서 새겨지는 아렌트의 말 한마디 한마디에는 심장을 찌르는 힘이 있었다.

"우리는 적을 잘 모르는 상황이에요. 그러니 그들의 기술, 능력에 대해 파고들어 줄 사람이 꼭 필요합니다. 현재 그 역할을 수행할 수 있는 사람은 백작님 이외에 아무도 없고요."

입술을 살짝 휜 아렌트는 양팔을 가볍게 들어 보였다.

새하얀 달빛이 무대 위의 조명처럼 아렌트 위로 쏟아졌다.

"백작님이 만들어 낼 연구 결과는 분명 최고일 겁니다. 그 쓰임이 어디에 있느냐에 따라 미래가 달라지겠죠."

달빛과 완전히 동화된 청년은 마치 그 공간을 지배하는 것처럼 보였다. 동시에 백작에게는 유일한 희망이었고, 하늘에서 내려온 단 하나의 동아줄이었다.

마치 홀리기라도 한 듯 그에게서 시선을 떼지 못하던 백작의 얼굴이 서서히 일그러져 갔다.

털썩.

백작은 결국 그 자리에 주저앉고 말았다.

견습 기사 앞에서 무릎을 꿇은 모양새가 되었지만 슈타들러 백작은 전혀 개의치 않았다. 차오른 눈물이 줄줄 흘러내려 백작의 뺨을 적셨다.

"……싸우겠습니다. 그러겠습니다!"

격앙된 목소리로 외치며 그가 연신 고개를 끄덕였다.

아렌트의 입가에 씨익, 만족스러운 미소가 드리웠다.

'좋아, 계획대로.'

점잖은 얼굴 아래에 깃든 또라이 기질이 변하지는 않겠지만…… 이왕 미치는 거, 조금이라도 도움이 되는 방향으로 곱게 미치는 쪽이 백번 나을 터였다.

슈타들러 백작이 훌쩍이는 소리가 배경 음악처럼 아스라이 들려왔다.

* * *

"……너, 직업을 잘못 찾은 거 아냐?"

다음 날, 칸타레스의 집무실.

일련의 보고를 들은 칸타레스가 처음으로 한 말이었다.

아렌트가 삐딱하게 물었다.

"왜요?"

"아니, 기사보다는 사기꾼 쪽이 더 잘 어울릴 것 같아서."

그렇게 말하는 칸타레스는 장난기 하나 없이 진지한 얼굴이었다. 그의 옆에 선 라이오스는 미간을 짚은 채 고개를 푹 떨군 채로 한참 동안 움직이지 않았다.

최근 라이오스를 골치 아프게 한 모든 일이 황태자와 견습 기사의 작당이었다는 사실을 알게 된 뒤 배신감에 사로잡힌 것이다.

"어쨌든, 그래…… 결과는 좋으니 다행이군. 그래서 슈타들러 백작은 어쩌기로 했는데?"

"조만간 전하를 직접 찾아뵙는답니다. 어젯밤 일은 당연히 함구하기로 했고요. 설마 모양새 떨어지게 백작님을 처벌한다거나 책임을 묻는다거나 하시진 않겠죠?"

"안 해. 애초에 내가 그러고 싶다 해도 네가 가만히 안 있을 거잖아."

"그렇죠."

아렌트가 뻔뻔하게 대꾸했다.

저 얄미운 새끼, 칸타레스가 그를 향해 눈을 흘겼다.

"그래, 어쨌든 큰 수확이군. 슈타들러 백작은 정말 상상도 못 했는데. 평소에는 조용한 사람이라 그런 생각을 하는지도 몰랐어."

"원래 억눌렸다가 한번에 폭발하는 욕망 쪽이 더 무서

운 법입니다."

"넌 꼭 뭐 아는 것처럼 말한다?"

"전하보다는 더 잘 알겠죠."

"싸가지 없는 놈."

곧바로 욕이 돌아왔지만, 아렌트는 당연하게도 아랑곳하지 않았다.

딱히 거짓말도 아니었다.

바보같이 돈도 안 되는 연극에 매달려 빈곤하게 살다가 이 모양 이 꼴이 된 사람이 바로 그였으니까.

"어쨌든 백작님은 알아서 하세요. 방치하지만 않으면 아마 배신하지도 않으실 테니까요."

"먹이를 줘야 한다는 말이지. 알겠어."

의자에 몸을 푹, 파묻은 칸타레스가 팔짱을 꼈다.

"그나저나…… 서로 다른 종의 마력을 융합한 거라고? 그게 가능한가?"

"허무맹랑한 소리긴 하지만, 불가능하지는 않을 것 같습니다. 고문서에서 비슷한 내용을 본 적 있으니까요."

지금껏 잠자코 있던 세레온이 입을 열었다.

자연스레 세 사람의 시선이 그에게 모였다.

"이전에 전하의 명으로 고문서를 뒤지고 다닐 때 비슷한 내용을 본 적 있습니다. 그때는 그냥 지나쳐 버렸지만요."

기억을 더듬는 듯 제레온이 고개를 갸웃했다.

"구울을 만드는 단계 중 하나였습니다."

"구울? 그건 전설에나 나오는 거 아니었어?"

"저도 허무맹랑한 내용이라 여겨서 그냥 넘겨 버렸습니다만…… 대강 훑어본 내용에 그런 게 남아 있었습니다. 아마 금지된 주술 중 하나인 것 같더군요."

칸타레스가 의아하게 묻는 말에 제레온이 간단히 답해 주었다.

"보통 인간이나…… 아니면 다른 동물, 몬스터의 시체를 이용해 만든 인조 몬스터라고들 하죠. 여러 생물의 시체를 합치고, 거기에 생명력을 불어넣는 방식이라고는 합니다만."

거기에서 잠깐 말을 멈춘 제레온이 살짝 미간을 찌푸렸다.

"그 시대에 생명력이라 부르던 것은 곧 마력과 일맥상통할 겁니다. 여러 종류의 시신을 합친 몸뚱이니, 그 신체에 머물던 생명력 역시 완전히 융합되어야 한다…… 그런 내용이었습니다."

"아하, 마력을 합친다는 것이 그런 의미로군."

칸타레스가 납득하고 고개를 끄덕였다.

"대충 그렇게만 들어도 터무니없는 짓 같은데. 죽었던 걸 어떻게 다시 움직이게 만들어?"

"그러니 옛날이야기 취급이나 받은 게 아닐까요?"
"하지만 그 첫 단계는 이미 성공한 것 아닙니까?"
문득 라이오스가 입을 열었다.
기사단장은 굳은 얼굴로 천천히 말을 이었다.
"속단할 수는 없습니다. 그쪽도 아무런 근거 없이 전설만을 쫓아 그런 일을 시도하지는 않았을 겁니다. 어쩌면 대비해야 할지도 모릅니다."
"대비?"
"그렇습니다."
라이오스가 진지하게 고개를 끄덕였다. 반쯤 어이없는 마음으로 질문을 던졌던 칸타레스도 말문이 막혀 입을 몇 번 달싹일 뿐이었다.
거기에 라이오스가 힘주어 말했다.
"아렌트가 아니었다면 저희는 적의 존재조차 파악하지 못했을지도 모릅니다. 지금 상황에서는 어떤 터무니없는 경우라도 넘겨서는 안 된다고 생각합니다."
역시 주인공의 감인지 구구절절 맞는 말이었다.
아렌트에게는 좋은 일이었다. 굳이 구울의 위험성을 제 입으로 경고할 필요가 없어졌으니까.
'지금은 가볍게 이야기할 수 있지만.'
슈타들러 백작이 저쪽으로 넘어간다면 도시 몇 개가 불바다가 되는 것 정도는 각오해야 했다.

아렌트는 자연스럽게 화제를 돌렸다.

"아, 참. 그리그 후작은 어떻게 됐습니까? 제레온 보좌관님이 뒤를 쫓으셨다면서요."

"네, 함께 나온 귀족들과 잠깐 담소를 나누더니 각자 마차를 타고 바로 황성을 떠나시더군요."

제레온이 고개를 끄덕이며 답해 주었다.

"다만 그리그 후작님이 자택에 도착하시자마자 전서구를 날려 보내는 것을 봤습니다."

"전서구요?"

아렌트가 슬쩍 인상을 찌푸리며 묻자 제레온이 말을 이었다.

"방향을 봐서는 황도 바깥으로 날아가는 것 같았습니다. 어두워서 추적할 수는 없었지만요."

"전서구라면 그리 먼 곳은 아니겠네요."

늦은 시간에 굳이 전서구를 보낸 것은 누군가에게 상황을 시급히 보고하려는 의도로 봐도 좋을 것 같았다. 수신인은 아마 '정원'과 관련된 사람일 테고.

칸타레스 역시 같은 생각인지 턱을 쓸어내리며 중얼거렸다.

"상대는 슈타들러 백작인가? 아니면 홀에 없던 제삼자일지도 모르고."

"그렇겠죠. 한동안 감시하다 보면 알 수 있지 않을까

요? 그리그 후작님은 본인이 표적이라는 것도 알아차리지 못한 것 같던데."

아렌트가 맞장구치자 칸타레스가 질렸다는 시선을 보냈다.

"다행이군. 감시가 어렵지는 않을 것 같으니."

"왜요?"

"네 덕분에 후작은 당분간 사교계에 발도 못 붙이게 생겼으니까."

제레온이 어색한 미소를 흘렸다.

"그래도 어제는 아슬아슬했습니다. 정말 폭력 사태로까지 번졌다면 골치 아파졌을 텐데요."

"처음부터 그럴 작정이었던 거 아냐? 몇 대쯤은 기꺼이 맞아 줄 생각이었지?"

"아쉽게 됐어요. 잘만 하면 사교계에서 완전히 매장시킬 수 있었을 텐데."

어깨를 으쓱하는 아렌트의 낯짝은 누구라도 한 대 갈겨 주고 싶을 정도로 얄미웠다.

칸타레스가 피식, 헛웃음을 지었다.

"노이만 점장은 왜 데려다 놓았나 했더니, 후작을 자극할 겸 네 방패막이 역도 시키고 싶었던 거지?"

"제법 괜찮지 않았습니까? 뭐, 제가 없는 소문을 낸 것도 아니고."

가슴을 쭉 펴며 아렌트가 뻔뻔하게 대꾸했다.

 아렌트가 후작의 속을 박박 긁는 데 여념이 없는 동안, 노이만 점장은 자신의 자리에서 맡은 역할을 충실히 해냈다.

 그 결과는 대단했다.

 노이만 점장의 새로운 상단에 대한 기대가 커진 것만큼, 바닥을 치던 아렌트의 주가 역시 수직 상승한 것이다.

 당연한 일이었다. 이야기의 중심에 있던 노이만이 아렌트에게 입은 은혜를 입에 침이 마르도록 떠들어 댔으니까.

 사적인 원한으로 암살자를 고용한 것도 충분히 논란거리였다. 그리그 후작의 재력과 힘 때문에 아무도 불만을 표하지는 않았지만, 그것 하나만으로 이미 후작의 신뢰도는 깎일 대로 깎인 상태였다.

 그것도 모자라 모두가 보는 앞에서 기사에게 손찌검까지 했다면. 심지어 얻어맞은 기사가 이스트 금고를 구해 낸 아렌트 폰 에크하르트라면.

 그리그 후작은 한동안 사람들의 손가락질을 피하지 못하게 됐을 터였다. 그의 사업에도 적잖은 타격을 받았을 테고.

 칸타레스가 입꼬리를 비틀었다.

"축하해. 배신자에서 이스트 금고를 구한 영웅, 그리고 노이만 상단의 첫 투자자로 훌륭히 탈피했던데."

"탈피는요. 잠깐 가면을 쓴 것뿐이지. 조만간 다시 황실 제3기사단의 골칫덩이, 배신자, 의심받는 사람, 건방진 애새끼로 돌아갈 테니 안심하시죠."

손을 휘휘 내저은 아렌트가 황태자를 똑바로 바라보았다.

"어쨌든 부탁하신 건 충분히 들어 드린 것 같은데요. 이 정도면 훌륭하지 않았습니까? 뜻밖의 대어도 낚아 드렸고."

"그래, 설마 이렇게까지 될 줄은 몰랐지만."

이번에도 성과는 확실했다. 그것 하나만큼은 부정할 수 없는 사실이었다.

후작의 추종자들도 걸러내는 데 성공했고, 덤으로 슈타들러 백작도 손에 넣었다. 게다가 모든 일의 배후에 부서진 심장의 검이 있다는 것도 확인했다.

칸타레스가 끙, 하고 앓는 소리를 냈다.

"어쨌든…… 부서진 심장의 검. 그놈들이 이미 황성 내부에 침투해 있다고 봐야겠네. 믿을 만한 사람을 찾는 것도 쉽지 않겠어."

자칫하다가는 내부부터 무너지는 꼴이 될지도 몰랐다.

라이오스는 복잡한 감정을 억누르려 눈동자를 아래로

내리깔았다.

모두 저마다의 생각에 빠진 탓에 집무실에는 한동안 무거운 침묵이 흘렀다.

그것을 깬 것은 아렌트의 태연한 목소리였다.

"일단은 여기에 있는 사람들부터 시작해야죠."

"뭐?"

"믿을 만한 사람을 찾는 거요. 범위를 점차 넓혀 가면서 골라내면 되죠. 그렇다면 결국에는 온전히 믿을 수 있는, 황태자 전하만의 세력이 완성되는 겁니다."

그렇게 말하며 아렌트는 라이오스를 힐끗 보았다.

지금 말을 건네는 상대는 황태자지만, 정말 들어야 할 사람은 바로 그라는 듯이.

라이오스의 표정이 차분하게 가라앉았다.

"그래야지."

"그 말인즉슨…… 지금 당장 내가 믿고 수족으로 부릴 만한 건 너희들이 최선이란 거군."

짜증스레 턱을 괸 칸타레스가 한숨을 푸욱, 내쉬자 아렌트가 덧붙여 주었다.

"기사단에 소속된 이들까지는 믿어도 될 거라고 생각합니다. 어느 정도 신중할 필요는 있겠지만요."

아렌트 입장에서 지금 가장 믿을 수 있는 사람 둘을 꼽자면, 그건 바로 라이오스와 칸타레스였다.

라이오스는 소설의 주인공이었다.

칸타레스는 라이오스의 주인이자 황실 기사단을 검으로서 휘두르며 적들과 맞서던 장본인이었고.

'그리고, 아서 노버트.'

아서는 원래 죽었어야 할 사람이었다. 그러니 적어도 지금까지는 '부서진 심장의 검'의 손길이 미치지 않은 게 확실했다.

그리고 여기에서 또 한 명, 노이만 점장까지.

아렌트의 개입으로 이야기가 변할지도 모르지만.

"일단 축조 중인 정원 쪽에 밀정을 더 보내야겠어. 그리그 후작에게도 감시자를 더 붙이고. 슈타들러 백작은…… 솔직히 못 미덥지만 이야기를 한번 나눠 봐야겠군."

"괜찮으시겠습니까? 그럴 가능성이 크진 않겠지만, 그 자체로도 함정일지 모릅니다."

라이오스의 걱정스런 말에 칸타레스가 입을 비죽였다.

"아렌트 경이 괜찮다고 말했으니 아마 문제없을 거야. 저놈 성질머리는 구제할 길 없긴 해도, 이쯤 되면 능력 정도는 인정해 줘야지."

"칭찬인지 욕인지 잘 모르겠는데요. 하나만 해 주시겠습니까?"

아렌트의 불퉁한 목소리가 뒤따랐다.

"그리고 전하. 혹시나 해서 말씀드리는 건데, 약속은 안 잊으셨죠?"

"약속? 아……."

잠깐 그의 말을 되뇌어 보던 칸타레스가 고개를 끄덕였다.

"이미 준비는 끝났어. 오늘 밤에라도 필요하다면 당장 내주지."

"그거 듣던 중 반가운 소리네요. 그쵸, 단장님?"

"어?"

갑자기 언급된 라이오스가 의아하게 물었다.

아렌트는 자세히 답해 주는 대신 그 특유의 의미심장한, 혹은 음흉한 미소를 지을 뿐이었다.

당연히 라이오스가 알 리 없었다.

아렌트가 연회에서 난장을 치는 대가로 칸타레스가 그에게 뭘 내주었는지.

4장. 황금 정원

황금 정원

검을 꾹 쥔 라이오스의 손이 잘게 떨렸다.

부동심은 기사의 가장 기본적인 미덕이라 믿고 살아온 세월이 결코 짧지 않았다. 하지만 최근 들어 루체 신이 그를 시험해 보고 싶기라도 한 모양이었다.

이렇게 동요할 일이 자주 생기다니.

'성당에 좀 더 자주 드나들어야 할까.'

급기야 그런 생각까지 들었지만, 그렇다고 해서 상황이 달라지는 건 아니었다.

그는 제 앞에 놓인 거대한 실내 연무장을 보았다.

고작 개인의 수련용으로 지어졌다기에는 과한 장소였다. 어지간한 홀 서너 개를 합친 것보다 더 넓은 데다, 바닥에는 화산석이 빈틈없이 깔려 있었다.

벽면은 거대한 창문이 장식했고, 곳곳에 마련된 촛대에는 이미 불이 환히 밝혀진 상태였다.

 한쪽에 마련된 거치대에 주렁주렁 달린 수련용 목검이며 각종 무기류가 아니었다면 호사스러운 홀이라고 착각할 만도 했다.

 이곳은 황태자궁에 딸린 연무장으로, 오직 칸타레스만이 이용할 수 있는 수련 장소였다.

 하지만 이 연무장은 최근까지 거의 방치되던 상태였다. 칸타레스가 업무 때문에 거처를 본성으로 옮기며 자연스럽게 발길을 끊은 탓이었다.

 그런데 왜 뜬금없이 라이오스가 여기에 우뚝 서서 루체신이나 찾게 되었는가…….

 모든 원흉은 아렌트 폰 에크하르트였다.

 그리고 이 빌어먹을 견습 기사는, 지금 이 제국에서 두 번째로 높은 사람과 티격태격 대거리 중이었다.

 "이런 곳을 지금까지 묵혀 뒀단 말이에요? 돈 아깝게."
 "어쩔 수 없잖아. 황태자가 된 뒤로는 먹고 죽을 시간도 없었는데."

 저들은 언제 저렇게 스스럼없는 사이가 됐는지…… 아니지. 이제 저걸 지적할 생각도 안 들었다.

 늦은 밤, 일을 마무리하고 들어갈 준비를 하던 라이오스를 불러 세운 것은 바로 아렌트였다.

일단 따라오라는 말에 아무것도 묻지 않고 동행했더니 결과가 이랬다.

불도 켜지지 않은 황태자궁으로 들어설 때부터 뭔가 단단히 잘못되어 간다는 것을 깨달은 라이오스였다.

"아렌트."

"네?"

아렌트가 뒤를 돌아보았다.

그 천연덕스러운 낯짝 때문에 속에 천불이 날 지경이었다. 가까스로 마음을 가다듬은 라이오스가 엄하게 입을 열었다.

"기사가 명령을 수행하는 데 주군께 대가를 요구한다니. 이건 말도 안 되는……."

"아, 진짜. 사람이 왜 이렇게 꽉 막혔어요?"

하지만 채 말을 끝내기도 전, 아렌트가 인상을 팍 구기며 끼어들었다.

"단장님, 활동 자금 받으시죠?"

"어?"

예상치 못한 물음에 라이오스가 얼빠진 소리를 내고 말았다.

그게 실수였다.

"녹봉 받으시잖아요. 단장님들은 다른 기사들보다 세 배쯤 더 받으신다고 아는데. 게다가 다른 두 단장님은 영

황금 정원 〈171〉

지와 작위도 받으셨고. 단장님은 영지를 거절한 대신 황도 내부에 저택 하나를 소유하고 계시죠."

"……그렇지."

일단은 맞는 말이기에 라이오스는 멍하니 맞장구쳤다. 아렌트가 거기에 퐁하니 덧붙였다.

"그것도 다 직무 수행에 대한 대가 아니에요?"

"……"

"그렇죠. 단장님은 특별한 임무를 수행한답시고 추가 수당 지급해 달라는 말은 못 하시겠죠. 그러라고 돈 많이 주는데. 근데 저는 아닙니다."

"아니라고?"

이번에도 저도 모르게 되물어 버린 라이오스는 3초도 지나지 않아 후회했다.

하지만 이미 때는 늦었다.

아렌트의 주둥아리가 열려 버렸으니까.

"견습 기사 녹봉이 얼만지는 아십니까? 단장님의 3분의 1도 안 된다고요. 심지어 다른 선배들보다 적습니다. 그런데 저는 혼자 개처럼 구르기나 하고."

"……"

"받은 만큼 일한다. 그게 세상의 법칙인데, 기사라고 해서 달라야 할 이유가 있습니까? 마음에 안 드시면 우선 단장님부터 지금까지 받은 거 다 토해 내고 기사도를 몸소 실천하시든가요."

 자신의 주장에 한 치의 부끄러움도 없다는 당당함, 그리고 뻔뻔함이었다.

 라이오스는 그냥 이마를 턱, 짚고 닥치는 것을 선택했다.

 칸타레스가 작게 중얼거리는 소리가 들려왔다.

 "말을 안 거는 편이 차라리 나았을 텐데."

 장차 이 제국을 책임질 자는 다르긴 한 모양이었다. 저 빌어먹을 자식을 다루는 방법을 이렇게 빨리 깨우치다니.

 더 말하기도 귀찮다는 듯 아렌트가 손을 휘휘 내저었다.

 "어쨌든 날밤 새울 거 아니면 슬슬 시작하죠. 단장님, 반지 가져왔어요?"

 "……가져왔다. 일단은."

 라이오스는 속에서 치솟는 온갖 말들을 누르고 애써 침착히 대답했다. 아렌트가 말하는 반지가 뭔지는 두 번 생각해 보지 않아도 알 수 있었다.

 강한 자의 그림자.

 사용해 볼 기회는 좀처럼 없었지만, 어지간하면 몸에서 떼지는 않았다. 착용하고 있어야만 반지에서 흘러나오는 마력을 감출 수 있다는 사실을 깨달은 것이다.

"여기에서 사용해 보세요."

"뭐?"

명령조로 툭 내뱉으며 아렌트는 연무장의 넓은 곳을 향해 고갯짓했다.

"써 보시라고요. 가지고만 있어 봤자 아무짝에도 쓸모없잖아요."

그제야 라이오스는 일이 어떻게 돌아가는지 파악할 수 있었다. 칸타레스는 미리 언질을 들은 바 있는지 팔짱을 낀 채 두 사람을 지켜보기만 할 뿐이었다.

"설마…… 그것 때문에 연무장을?"

"그럼 뭐 때문이겠어요. 딱히 단장님을 위해서는 아니고."

어깨를 으쓱인 아렌트는 저벅저벅, 연무장 중앙을 향해 걸음을 옮기기 시작했다.

스르릉.

차가운 쇳소리를 내며 검이 매끄럽게 뽑혀 나왔다.

"이왕이면 단장님이 상대해 주셨으면 해서."

몸을 빙글, 돌려 다시 두 사람을 마주 본 아렌트가 슬쩍 입꼬리를 올렸다.

"저도 이왕 가진 것, 제대로 써 보고 싶어서요. 아서 선배한테는 무리겠지만, 단장님이 상대해 주신다면 저도 마음 놓고 공격을 퍼부을 수 있겠죠."

"……."

방금 저 말로 제법 많은 걸 알 수 있었다.

라이오스의 눈동자가 차분하게 가라앉았다.

"암살자들의 몸에 남았던 상흔…… 그것과도 관련된 이야기겠군."

스릉.

라이오스 역시 깔끔한 동작으로 검을 뽑았다.

성큼성큼, 그가 큰 보폭으로 자신에게 다가오는 것을 본 아렌트가 씨익 웃으며 검을 바로잡았다.

"아티팩트 사용법은 굳이 말씀 안 드려도 되겠죠?"

"물론이지."

역시 여러 말 대신 직접 겪어 보는 것이 빠를 터.

라이오스가 칸타레스를 향해 경고했다.

"전하, 조금 물러서시는 것이 좋겠습니다."

칸타레스는 순순히 두 사람과 거리를 벌렸다.

자신의 몸을 지켜 낼 능력은 충분히 있었지만, 지금부터 무슨 일이 벌어질지는 그 역시 잘 몰랐기 때문에.

황태자의 안전까지 확보된 순간, 그들은 더 뜸 들이지 않았다.

먼저 땅을 박찬 쪽은 아렌트였다.

그의 검이 새하얗게 얼어붙는 것을 확인한 라이오스 역시 아티팩트를 발동했다. 평소보다 짙은 푸른색 검기가

황금 정원 〈175〉

날카로운 검신에 일렁였다.

콰아앙!

두 사람의 검이 쩌렁쩌렁한 폭음을 내며 맞부딪쳤다.

아렌트는 나름 무게를 실어 내리친 것이었지만, 라이오스는 꿈쩍도 하지 않고 버텨 냈다.

"냉기인가. 확실히…… 아서가 상대하기에는 부족할 수 있겠군."

파고드는 한기를 느끼며 라이오스가 짧게 평했다.

검술 실력의 문제가 아니었다. 아티팩트의 마력을 막아 낼 수 있느냐, 없느냐가 중요하지.

라이오스와 검을 맞대고 버티던 아렌트의 눈썹이 구겨졌다. 보통이라면 이 단계에서 라이오스의 검이 서서히 얼어붙기 시작해야 했다.

하지만 잠시 냉기에 침식되나 싶던 검은 언제 그랬냐는 듯 더욱 선명한 검기를 드리울 뿐이었다. 라이오스의 마력에 서리 어린 손길의 힘이 막힌 거였다.

"칫."

짧게 혀를 찬 아렌트가 슬쩍 뒤로 물러섰다.

그 틈을 놓치지 않고 라이오스가 앞으로 치고 나왔다.

콰아앙!

옆구리를 노리고 찔러 들어오는 검을 방어한 아렌트는 전신에 가해지는 충격에 숨을 크게 들이켰다.

방어한 자세 그대로 라이오스를 뿌리친 아렌트는 곧장 몸을 빙글, 돌려 반격을 가했다. 하지만 목을 향해 날아들던 공격은 라이오스의 검에 싱겁게 막혀 버렸다.

 라이오스는 가볍게 검을 쳐 내고는 비어 버린 아렌트의 가슴팍을 향해 크게 검을 휘둘렀다. 간발의 차로 몸을 확 숙인 아렌트의 머리 위로 부웅, 하며 검기가 서린 날이 아슬아슬하게 스쳐 지나갔다.

 몸을 숙인 그대로 바닥을 박찬 아렌트는 라이오스의 등 뒤를 노리고 검을 내리쳤다.

 라이오스는 반사적으로 뒤를 돌아보았다.

 그때, 새하얀 눈보라가 그의 시야를 가렸다.

 '뭐야?'

 눈을 부릅뜨는 찰나, 새하얀 검기에 휩싸인 검이 눈보라를 뚫고 쇄도해 왔다.

 저건 평범한 방어로는 못 막는다.

 라이오스는 그렇게 직감하고 검을 고쳐 쥐었다.

 콰아앙!

 다시 한번 요란한 쇳소리가 연무장의 공기를 찢어 냈다. 위에서 아래로 내려치는 검격을 라이오스가 맞받아 친 거였다.

 '어?'

 이거 너무 강한데.

검이 충돌하는 찰나, 아렌트와 라이오스는 동시에 같은 생각을 떠올렸다.

당황한 두 사람의 시선이 허공에서 맞닿았다.

그리고 다음 순간, 아렌트는 그대로 나가떨어지고 말았다.

콰앙, 우당탕!

바닥에 처박힌 아렌트가 켁, 하고 비명을 질렀다.

칸타레스가 휘유, 감탄을 터뜨렸다.

"굉장하네."

포물선을 그리며 날아가는 아렌트의 모습은 상당히 인상적이었다. 설마 이렇게까지 될 줄은 예상치 못한 라이오스도 얼떨떨하게 아렌트를 바라볼 뿐이었다.

"괜찮나?"

"힘 조절이라는 것도 모르십니까? 뒈질 뻔했네."

아렌트가 벌떡 몸을 일으켰다.

별다른 상처는 없었지만 고작 몇 합 만에 체력이 고갈된 모양인지 몸이 땀에 푹 젖어 있었다.

검을 갈무리한 라이오스가 아렌트를 향해 입을 열었다.

"검은. 상한 부분 없고?"

"하아…… 네, 일단은요."

숨을 골라낸 아렌트가 검날을 확인했다.

거친 충돌이 몇 번이나 오갔음에도 아렌트의 검은 깨끗하기만 했다. 서리 어린 손길이 아니었다면 마지막 충돌에서 아렌트의 검은 반토막으로 부러져 버렸을 게 뻔했다.

'그리고 아렌트도 두 동강 났겠지.'

상상만 해도 오싹한 일이었다.

라이오스는 반지 낀 손을 몇 번 쥐었다 폈다가를 반복했다.

"네 말이 맞아. 제대로 운용하려면 익숙해질 필요가 있겠군."

"그렇다니까요. 공차."

힘이 빠진 목소리로 대꾸하며 아렌트는 비척비척 몸을 일으켰다.

라이오스는 그런 와중에도 아렌트를 향해 조언을 건네는 것을 잊어버리지 않겠다.

"아티팩트를 계속 운용하는 것은 무리겠군. 마력 소모가 심해. 순간순간 빠르게 발동하는 요령을 익히는 쪽이 낫겠어."

"충고는 귀담아듣겠습니다. 단장님은 어떠신데요? 상대가 저라서 제대로 뭘 할 수나 있었는지 모르겠네."

"음……."

라이오스의 미간이 좁아졌다.

"신체 능력을 끌어올린다는 것보다…… 마력을 이용해

힘을 한군데에 모아 폭발시키는 것과 비슷해. 그런 식으로 일격에 힘을 집중하다 보면 속도가 둔해질 수밖에 없지만."

"그것도 아티팩트가 보강해 준다고?"

"네, 그렇습니다."

칸타레스가 불쑥 끼어들자 라이오스가 고개를 끄덕여 주었다.

칸타레스의 시선이 아렌트를 향했다.

"그래서, 이 괴물 같은 물건들은 정체가 뭐야? 그저 그런 아티팩트로는 보이지 않고. 어디서 난 건데?"

"놈들한테서 빼돌렸어요. 이건 이스트 금고 구석에 처박혀 있었고, 단장님 건 아서 선배를 덮친 놈이 쓰던 겁니다."

자리를 툭툭 털고 일어나며 아렌트가 대꾸했다.

이스트 금고라는 말에 칸타레스가 인상을 조금 찌푸렸다.

"설마……."

"금고를 습격한 놈들의 진짜 목적은 이거였겠죠. 노이만 점장님께 따로 부탁해서 수거했습다. 아주 선뜻 내주시던데요."

"……."

칸타레스와 라이오스의 두 눈에 강한 불신이 찼다.

순순히 내줬다고?

"협박한 건 아니지? 공갈 사기를 쳤다거나."

"노이만 점장님께서 과하게 협조적인 모습을 보이시긴 했습니다만. 설마……."

"아, 진짜! 제가 뭐 툭하면 공갈 협박이나 하는 놈 같습니까?"

아렌트가 왈칵 짜증을 터뜨리자 두 사람은 찔끔하고 고개를 돌렸다.

그때, 칸타레스가 무언가를 발견하고는 짧게 탄성을 터뜨렸다.

"이런, 진짜 굉장한데?"

"예?"

뜬금없는 소리에 아렌트와 라이오스가 칸타레스를 보았다.

여러 말을 더하는 대신 칸타레스가 툭, 내뱉었다.

"바닥."

라이오스와 아렌트는 시선을 아래로 떨어뜨렸다.

"아……."

격한 충돌이 있던 걸음걸음마다 살얼음이 고스란히 남아 있었다. 게다가 라이오스가 마지막 일격을 날린 자리는, 강하게 딛고 선 발 모양 그대로 지면이 푹 패여 있었다.

"밖에선 어지간하면 쓰지 마라. 흔적이 너무 요란해."

칸타레스가 진지하게 건넨 충고에 두 기사는 멍하니 고

황금 정원 〈181〉

개를 끄덕일 수밖에 없었다.

* * *

한동안 라이오스와 아렌트의 일과는 한결같았다.

라이오스가 낮과 오후에 업무를 처리할 동안, 아렌트는 견습 기사로서의 간단한 임무를 수행하고 연무장에 틀어박혀 시간을 보냈다.

그리고 저녁 식사 시간이 끝나고 모두가 잠든 밤이 되면 여지없이 생활관을 빠져나가 칸타레스의 연무장으로 향해 서로 검을 주고받았다.

칸타레스 역시 그 모든 과정을 제 두 눈에 고스란히 담아 두고 싶기라도 한지, 매일 밤 연무장으로 나와 그들이 대련하는 모습을 지켜보고는 했다.

그러기를 며칠째.

평소처럼 함께 기사단 연무장에 나온 아서가 핀잔을 주었다.

"너, 왜 날이 갈수록 멍이 늘어 가냐? 계단에서 구르는 연습이라도 해?"

"차라리 그거면 다행이죠."

"뭐?"

아서가 황당하게 되물었지만 아렌트는 더 대꾸하지 않

고 신발 끈을 꽉꽉 고쳐 묶을 뿐이었다.

'그동안 두들겨 팰 기회만 노리고 있었던 거 아냐?'

대련할 때의 라이오스는 마치 물 만난 물고기처럼 굴어 댔다. 말은 안 했지만 그동안 실전 같은 대련에 갈증을 느끼고 있던 모양이었다.

라이오스의 강함은 충분히 알고 있다고 생각했지만, 머리로 아는 것과 직접 검을 맞대고 느끼는 것은 차원이 달랐다.

매번 나가떨어지다 오기가 생긴 아렌트는 매 대련마다 죽을힘을 다해 달려들었고, 라이오스는 절대로 사양하지 않았다.

이 제국에서 가장 뛰어난 검사에게 매일 죽자고 덤벼드는데 실력이 늘지 않을 리 없었다.

마력도 완전히 고갈됐다가 아침이 되어서야 거의 다 회복되길 수차례 반복하며, 느리지만 확실하게 축적량이 늘어 갔다.

덕분에 아렌트도 하루하루 라이오스를 상대로 버티는 시간이 점점 늘어나고 있었다. 당장 근육통 때문에 죽을 맛이긴 했지만.

"들어가서 잠이나 자. 얼굴이 새카만데."

"괜찮습니다. 그래도 잘생겼으니까."

아서가 조용히 주먹을 말아 쥐었다.

저걸 한 대 쳐, 말아.

하지만 아서가 고민을 채 끝내기도 전, 아렌트가 먼저 선수를 쳤다.

"게다가 그러고 싶어도 못 합니다. 뒤에 일정이 있어서."

"일정? 무슨?"

"알아서 뭐 하게요."

다시금 날아든 밉살맞은 대꾸에 아서는 더 고민하지 않고 주먹을 날렸다. 하지만 아렌트는 고개를 슬쩍 숙이는 것으로 공격을 간단히 피해 버렸다.

"피해?"

"내가 바보도 아니고 그걸 맞겠습니까?"

메롱, 하고 혀를 빼물던 아렌트는 갑자기 제 눈앞으로 날아드는 목검을 반사적으로 붙잡았다. 그리고 다시 정면을 확인하니, 어느새 공격 채비를 마친 아서가 그를 향해 달려들고 있었다.

"아, 씨! 기습하는 게 어디 있어요? 그러고도 기사 맞아?"

"너는 선배에 대한 최소한의 존중도 없냐, 이 새끼야!"

자연스럽게 대련을 빙자한 두 사람의 치고받기가 시작했다.

저마다 수련에 몰두하던 기사들이 의아한 시선을 보냈다가, 소란을 피우는 게 아렌트와 아서라는 것을 확인하고는 자연스럽게 신경을 꺼 버렸다.

저 두 사람이 시끄럽게 싸우는 것은 이제 별로 놀라운 일도 아니었으니까.

오늘도 제3기사단의 연무장은 평화로웠다.

* * *

"……몰골이 왜 그래?"

"연무장에서 바로 와서 그렇습니다. 신경 쓰지 마시죠."

칸타레스의 침착한 물음에 아렌트가 언제나 그렇듯 뚱하니 대꾸했다.

황태자를 앞에 두고 불온하기 그지없는 언동이었지만, 이 자리에서 새삼 그걸 문제 삼는 사람은 아무도 없었다.

모두의 꺼림칙한 시선이 묘하게 거슬렸는지 아렌트가 주섬주섬 옷매무새를 정리하기 시작했다.

그를 물끄러미 바라보던 라이오스가 심각하게 물었다.

"싸웠나?"

"연무장에서 왔다니까요. 싸운 게 아니라 대련했습니다. 좀 격해지긴 했지만요."

칸타레스가 농담처럼 물었다.

"이겼어?"

"네, 간당간당하게요."

"뭐?"

예상치 못한 대답에 칸타레스가 눈을 크게 떴다.

아렌트는 흐트러진 제복 단추를 다시 잠그고 비죽비죽 튀어나온 머리까지 깔끔하게 묶었다.

"이겼다고요. 그러다가 좀 늦었지만."

"……상대는 아서였나?"

"네."

멍하니 입술을 몇 번 달싹이던 라이오스가 그렇게 묻자 아렌트가 보란 듯이 고개를 끄덕여 주었다.

"실력이 향상된 모양이군. 잘했다. 아서도 좀 더 정진하는 계기가 되겠어."

"안 그래도 억울해하던걸요. 연무장에 버려두고 왔습니다."

치열한 대련의 끝. 아서는 결국 아렌트의 일격을 버티지 못하고 검을 놓쳐 버렸다.

한참을 날아간 제 목검이 우당탕 소리를 내며 바닥을 구른 순간, 믿을 수 없다는 듯 눈을 휘둥그레 뜬 아서의 모습이 아직도 선했다.

예상치 못한 결과에 얼빠진 낯짝을 한 것은 다른 기사들 역시 마찬가지였다.

그런 그들을 내버려 둔 채 아렌트는 보란 듯 쌩, 하니 등을 돌리고 연무장을 빠져나와 버렸다. 그 뒷모습이 얼마나 얄밉게 보였을지는 굳이 상상하지 않아도 짐작할 수 있었다.

짝짝, 제레온이 박수 몇 번으로 주변을 환기했다.

"아렌트 경의 성장은 기쁘지만, 그래도 잡담할 시간이 그리 길지 않습니다. 슬슬 본론으로 들어가 볼까요? 백작님, 그래도 괜찮으시겠습니까?"

"예? 아, 예!"

갑자기 이름이 불린 슈타들러 백작이 황급히 대답했다.

아까부터 정신이 하나도 없었다.

황태자의 호출에 도살장 끌려가는 소가 된 기분을 느끼며 입성했더니, 정작 그를 불러 앉힌 세 사람은 저를 두고 시답잖은 대화나 나눌 뿐이었다.

황태자와 단장이 있는 자리에서 제 할 말을 다 떠들어 대는 아렌트도 황당했지만, 원래 그런 사람이니 애써 납득할 수 있었다.

하지만 그걸 당연하다는 듯이 다 받아 주는 황태자와 라이오스의 태도는 좀처럼 적응하기 힘들었다.

황태자를 모시는 보좌관으로서 한마디쯤 경고해야 할 제레온마저 가만히 미소 짓고 있을 뿐이니, 슈타들러 백작은 시선을 어디에 둬야 할지 갈피를 잡을 수가 없었다.

식은땀을 뻘뻘 흘려 대는 백작 대신 칸타레스가 먼저 운을 뗐다.

"사정은 아렌트 경에게 들었어, 백작. 어려운 결심이었을 텐데, 이렇듯 마음을 돌려 줘서 고맙게 생각해."

"아, 아닙니다, 전하! 저는……!"

"그래, 알아. 자네를 위해서도 최선의 선택이었던 거. 아렌트 경이 자비를 베풀지 않았더라면 자네는 벌써 지하 감옥에 처박혔을 테지. 그 점도 절대로 잊지 말도록."

칸타레스의 새파란 눈동자는 어느새 얼음장처럼 차갑게 식어 있었다.

몇 번 입을 벙긋대던 슈타들러 백작이 다시 고개를 푹, 떨구었다.

"……평생 속죄하며 살겠습니다."

"그럼 다시 원제로 들어가지. 라이오스 단장, 우선 보고부터 해."

"예, 알겠습니다."

그제야 칸타레스가 평소의 평탄한 어조로 라이오스에게 명령했다.

"아렌트 경을 습격한 암살자와 이스트 금고를 덮친 자들이 지니고 있던 투명화 스크롤의 대조가 끝났습니다. 양쪽에서 미약하게나마 같은 마력이 검출되었다고 합니다."

지금까지의 흐름을 생각해 보면 그리 놀라운 결과도 아니었다.

가만히 듣던 아렌트가 물었다.

"그놈들은 어떻게 됐습니까?"

"여전히 구금 상태다. 기억에도 문제가 없고, 자결하지 못하도록 밤낮으로 감시 중이야. 하지만 아직까지 입을 연 자는 아무도 없다더군."

"대단한 정신력이군. 목숨보다 더 중요한 게 있단 말이지? 슈타들러 백작, 정원이라는 것을 알고 있나?"

"예? 정원 말씀이십니까?"

뜬금없는 물음에 슈타들러 백작이 의아하게 되물었다.

"말 그대로 평범한 정원을 말씀하시는 건 아닐 듯하고…… 그런 은어라면 들어 본 적이 없습니다."

"그렇다면 그리그 후작과는 어떤 대화를 나눈 건가?"

"아렌트 경에게 말한 그대로입니다. 그리그 후작님께서는 마력 표본을 전달해 주셨을 뿐입니다. 아마 그 연회에서 제게 다른 분들을 소개해 주시려 했던 것 같습니다만."

거기까지 말한 슈타들러 백작의 눈길이 아렌트에게 향했다.

그 뒤에 이어질 말은 굳이 입 밖에 내지 않아도 충분히 짐작할 수 있었다.

라이오스가 알 만하다는 듯 그의 말을 대신 받았다.

"아렌트가 그 자리를 훼방 놓은 거군요."

"하하……."

슈타들러 백작이 어색한 웃음을 터뜨렸다.

이번에는 아렌트가 질문했다.

"그 뒤로 후작님한테 별다른 연락은 안 왔어요?"

"예, 제가 아렌트 경을 편든 일 때문에 기분이 단단히 상하신 모양인지…… 지금까지 딱히 별다른 말씀은 없으십니다."

"그쪽에서 혹시 백작님의 변심을 눈치챈 기미는 보이지 않습니까?"

"아마도 그럴 겁니다."

제레온이 묻자 슈타들러 백작이 애매하게 대답했다.

"저와 그들 간의 접점은 그리그 후작님뿐이었습니다. 그쪽에서 아직 아무런 말도 없는 것을 보면 아직 알아차린 것은 아닌 듯합니다."

"그거 다행이네요."

가만히 대화를 듣던 아렌트가 불쑥 끼어들었다.

"아마 그날 백작님께 정원이 뭔지 설명해 주려고 했던 건 아닐까요? 그날 다른 사람도 소개받기로 했었다면서요."

"그럴 가능성도 있겠네요. 본격적으로 끌어들일 생각이었다면요."

제레온 역시 동의했다.

한참 동안 이야기를 듣고 멍하니 대답만 하던 슈타들러 백작이 돌연 자리에서 벌떡 일어났다.

"제, 제가 할 수 있는 일이라면 가감 없이 말씀해 주십시오."

"응?"

세 사람의 어리둥절한 시선이 그에게 모여들었다.

마른침을 한 번 꿀꺽 삼킨 슈타들러 백작이 입을 열었다.

"속죄하며 살겠다고 말씀드렸습니다. 그 맹세에 거짓은 없습니다. 제가 할 수 있는 일이라면 무엇이든 하겠습니다."

"속죄요?"

그때 삐딱하기 그지없는 음성이 불쑥 끼어들었다.

"속죄 때문이에요? 진짜?"

또박또박 되묻는 아렌트의 황금색 눈동자가 슈타들러 백작을 고스란히 비쳤다.

슈타들러 백작은 순간 할 말을 잊어버리고 멈칫했다.

"여기까지 온 거 그냥 솔직해지자고요. 백작님은 그냥 연구를 계속 이어 가고 싶으신 거잖아요."

짧은 침묵이 흘렀다.

칸타레스는 의자에 몸을 푹 기대며 가만히 지켜보기만 했고, 라이오스와 제레온 역시 입을 꾹 다물고 가만히 백작을 응시할 뿐이었다.

"백작님의 바람도 충분히 이룰 수 있을 겁니다. 당신을 자극한 그 연구를 계속 이어 가는 거예요."

어린 기사가 차가운 목소리로 이야기를 꺼낼수록 슈타

황금 정원 〈191〉

들러 백작의 눈동자 역시 차분하게 가라앉았다.

"위험한 순간이 오면 그때 황태자 전하께 보호를 요청하는 겁니다. 속죄니 충성이니 마음에도 없는 소리는 넣어 두시고 서로서로 이득이나 보자고요."

주먹을 꽉 쥐었다 펴기를 몇 번 반복하던 슈타들러 백작은 피식, 힘 빠진 웃음을 터뜨렸다. 딱딱하게 굳은 어깨가 맥없이 풀렸다.

"……기사가 입에 담을 말은 아니라고 생각합니다만, 그렇군요. 합리적입니다."

슈타들러 백작은 자리에 풀썩 주저앉았다. 모노클 너머로 비친 그의 눈동자에 담담한 빛이 서렸다.

마른침을 한 번 삼킨 백작이 다시 입을 열었다.

"연구비 지원을 요청드려도 되겠습니까?"

"물론. 황태자의 이름으로 약속하지."

칸타레스가 기다렸다는 듯 미소 지으며 답했다.

"필요한 것은 모두 말해. 돈, 인력, 연구실…… 부서진 심장의 검인지 뭔지 하는 놈들이 약속한 것보다 훨씬 좋은 것을 내줄 테니까. 대신 배신한다면 그 값은 목숨으로 치러 줘야겠어."

슈타들러 백작은 묵묵히 고개를 끄덕였다.

"제가 뭘 하면 되겠습니까?"

"그리그 후작에게 연락해서 뜻을 함께하길 원한다고 말

해요. 연구를 위해서라면 목숨을 걸 수도 있다는 태도로."

대답은 아렌트에게서 돌아왔다.

아렌트가 눈초리를 휘며 미소를 지어 보였다.

"딱히 연기할 필요도 없죠? 어차피 백작님 본성이 그거 잖아요."

"하하…… 그렇게까지 말씀하신다면 할 말이 없습니다만."

힘 빠진 웃음을 터뜨린 백작은 얼굴을 한 차례 쓸어내리고 다시 고개를 들었다.

"굳이 부정하지는 않겠습니다."

이제 그의 눈동자에 망설임이나 불안감은 사라지고 없었다.

* * *

달달달달.

책상 아래에 놓인 그리그 후작의 다리가 아래위로 쉴 새 없이 떨렸다. 하지만 그리그 후작은 자신이 어떤 상태인지조차도 제대로 자각하지 못했다.

그는 책상 앞에 놓인 편지를 정신없이 쏘아보았다.

"투자를 포기하겠다고?"

연회가 끝난 지 일주일이 지난 시점.

이런 내용의 편지가 벌써 몇 통째 도착했다. 저마다 구구절절한 변명을 담은 편지에 값비싼 선물까지 보내왔지만, 그런 것으로 후작의 분노가 가라앉을 리 없었다.

"이 개같은 놈들이……."

뿌드득.

결국 이를 가는 소리가 살벌하게 흘러나왔다.

투자를 철회하겠다며 나선 이들은 모두 거창한 핑계를 댔지만, 그들의 진심을 짐작하지 못할 후작이 아니었다.

노이만 점장이 열 새로운 상단에 한발 얹고 싶은 게 분명했다. 양쪽 모두에 투자할 만한 여력을 가진 이들은 그리 많지 않았으니.

그리고 노이만 점장이 총애하는 아렌트 폰 에크하르트와 분란을 만든 것 역시 이들의 선택에 큰 영향을 끼쳤을 터.

와드득.

후작의 손에 쥐어진 편지가 형편없이 구겨졌다.

그래, 모든 원흉은 바로 그 빌어먹을 견습 기사였다. 그 애송이가 아니었다면 일이 이렇게까지 틀어지지는 않았을 텐데.

실책이라면 실책이었다.

바로 얼마 전까지만 해도 배신자로 몰렸던 그놈이 설마 노이만 점장과 황실 기사단의 비호를 받을 줄은 꿈에도 몰랐으니까.

 덕분에 자신의 꼴만 우스워진 셈이었다.

 연회에서 돌아오자마자 전서구를 통해 상황을 보고했지만 아직 답신은 돌아오지 않았다.

 그 점이 후작을 미치도록 초조하게 만들었다.

 '버려진 건가.'

 아니, 아직 그렇게 속단하긴 일렀다. 그전에 어떻게든 그들에게 자신의 쓸모를 증명해야 했다. 버려진다면 앞으로 남은 것은 죽음뿐이었다.

 그리그 후작은 떨리는 손으로 다음 편지를 집어 발신인을 확인했다.

 다음 순간.

 "어?"

 눈을 부릅뜬 후작은 당황스러운 마음에 몇 번이고 겉봉을 다시 확인했다. 그렇다고 해서 정갈한 글씨로 쓰인 이름이 바뀌는 것은 아니었다.

 보낸 사람은 렉스 폰 슈타들러 백작.

 봉인에 사용된 인장도 슈타들러 백작가 고유의 것이었다.

 우당탕!

 그가 갑자기 몸을 일으키는 바람에 의자가 뒤로 넘어지며 요란한 소리를 냈다.

편지를 아무렇게나 내던진 그리그 후작이 밖을 향해 악을 썼다.
"마차, 마차 준비해. 당장! 그리고 슈타들러 백작가에 연락해! 내가 곧 찾아가겠다고!"
"예, 예!"
밖에서 대기하던 집사가 황급히 달려 나갔다.
그리그 후작은 상기된 얼굴로 다시 편지를 들여다보았다.
'신은 나를 버리지 않는다.'
잠시 잊었던 활로가 거기에 있었다.

* * *

그리그 후작의 갑작스러운 방문에도 슈타들러 백작은 미소 지으며 환대해 주었다.
"어서 오십시오, 그리그 후작님. 기다리고 있었습니다."
"아니지. 초대해 주어서 고맙네, 백작. 시간이 촉박해서 변변찮은 선물도 준비하지 못해 부끄럽군."
"선물이라뇨. 가당치 않습니다. 방문해 주신 것만으로도 충분합니다. 들어가시죠."
슈타들러 백작은 손수 그리그 후작을 응접실로 안내했다.

차와 다과가 올라간 테이블을 사이에 두고 슈타들러 백작과 마주 앉은 그리그 후작은 몇 번 헛기침을 하는 것으로 표정을 가다듬었다.

반가운 마음을 이기지 못하고 한달음에 달려오긴 했어도 우습게 보이는 것은 곤란하니까.

슈타들러 백작이 먼저 운을 뗐다.

"우선은 사과드리고 싶습니다, 후작님. 그날 본의 아니게 결례를 범했습니다. 그만 주제도 모르고 끼어들었습니다. 아렌트 경의 악명은 저도 익히 들어 알고 있었으니까요. 분명 후작님을 함정에 빠뜨리려던 수작이었을 겁니다."

"아닐세. 나도 그날 지나치게 흥분하고 말았어. 백작 덕분에 화를 피했다고 해도 과언이 아니야."

지금 중요한 것은 그게 아니었다.

빠르게 대답한 후작이 황급히 본론으로 들어갔다.

"그래서, 사실인가? 마음을 굳혔다고?"

"예, 그렇습니다. 솔직히 말씀드리자면 쉬운 결심은 아니었습니다만."

창백한 얼굴에 쓴 미소를 담은 슈타들러 백작이 고개를 끄덕였다.

"그렇습니다. 저의 미진한 능력이 필요하시다면……부디 함께하게 해 주십시오."

백작의 말이 차차 이어질수록 그리그 후작의 입가에 감출 수 없는 웃음이 번져 갔다.

* * *

"좋~단다."
그리고 백작의 저택, 응접실과 조금 떨어진 방.
마치 제집처럼 소파에 푹 파묻힌 아렌트가 피식피식 웃음을 터뜨렸다.
그 맞은편에 앉아 떫은 눈빛을 보내는 사람은 바로 아서와 리히트였다.
반쯤 드러누운 아렌트의 흰 손에서 데굴데굴 구르는 것은 영상 통신까지 가능한 최상급 수정구로, 슈타들러 백작과 그리그 후작이 대화를 나누는 모습을 고스란히 비추고 있었다.
"전부터 느꼈지만 후작님도 제법 단순한 인간이네요. 저런 양반이 사업은 어떻게 하셨나 몰라."
"너도 기사 노릇을 하는데, 그리그 후작님이 사업을 못할 이유는 없지 않나."
아서가 딴지를 걸었지만 아렌트는 들은 척도 하지 않았다.
애초에 대꾸를 들을 기대도 하지 않았기에 아서는 그냥

한숨만 푹 내쉬었다. 대신 리히트가 입을 열었다.

"슈타들러 백작님도 생각보다 거짓말이 능하신데. 심약하신 분이라고 생각했더니."

"거짓말이라뇨. 저런 건 연기라고 하는 겁니다, 선배."

아예 신발까지 벗은 아렌트는 소파에 드러누워 버렸다.

새삼 그 꼴을 지적하려니 골이 지끈거려왔다.

"……어쨌든, 황태자 전하께서 이번 일을 완전히 네게 일임하셨다고?"

"일임까지야. 전 그냥 심부름꾼 정도입니다. 선배들까지 붙여 주실 줄은 꿈에도 몰랐지만."

원래는 아무것도 모르던 아서와 리히트가 여기까지 따라붙게 된 것은 라이오스의 강력한 주장 때문이었다.

칸타레스는 소수 인원으로 움직이는 게 보안상 안전하지 않겠냐는 의견이었지만, 다음에 이어진 라이오스의 말에 빠르게 수긍해 버렸다.

"혼자 보냈다가 무슨 일이 벌어질지 모릅니다. 옆에서 말릴 사람은 있어야 합니다."

……라고.

완전 천덕꾸러기 취급이 따로 없었다.

솔직히 조금 뿌듯했다. 그만큼 아렌트 폰 에크하르트로서의 연기가 완벽하다는 증거였으니까.

'이게 바로 제대로 된 메소드 연기지.'

슈타들러 백작의 어설픈 연기와는 차원이 달랐다.

극단에 있을 때도 가끔 단원들이 감당하기 힘들다는 표정을 지을 때가 있었지만…… 뭐, 그건 옛날 일이니 접어 두고.

쯧, 혀를 찬 아서가 불만스럽게 투덜거렸다.

"자꾸 어디로 사라진다 싶더라니…… 설마 황태자 전하의 명령을 받았을 줄은 몰랐는데. 게다가 갑자기 뭐야. 전설 속의 악신이라고?"

"선배, 원래 전설과 역사는 한끗 차이예요. 그렇게 따지자면 루체 신의 사랑을 받았다는 영웅 칸도 그냥 옛날이야기밖에 안 되잖아요."

"내 말은 그게 아니잖아. 그놈들은 이미 고대에 절멸한 거 아니었냐고. 왜 지금 와서 기어 나와?"

"제가 알겠어요? 나중에 맞닥뜨리면 직접 물어보시든가."

리히트는 수정구에서 눈을 떼지 않은 채 건성으로 대답하는 아렌트를 마뜩잖은 듯 바라보았다. 그가 궁금한 건 따로 있었다.

"그런데 왜 너지?"

"네?"

"이 일의 실마리를 잡은 게 너란 건 잘 안다. 그게 큰 공이라는 것도 알지. 하지만 그 점이 네가 이 일의 전권을 위임받아야 한다는 이유까지는 되지 못해."

그제야 아렌트는 리히트 쪽으로 시큰둥한 시선을 주었다.

진지한 목소리가 이어졌다.

"당장 저 두 사람도 원래는 네가 함부로 대할 수 있는 신분이 아니지. 만약 일이 틀어지게 된다면 그냥 넘어가지는 않을 거다."

"그거야 간단하죠."

"뭐?"

"내가 잘났으니까."

순간 리히트는 얼빠진 얼굴을 하고 말았다.

아렌트가 쯧, 혀를 찼다.

"네 일 내 일이 따로 어디에 있습니까? 할 수 있는 사람이 하는 거지."

"아니, 그렇지만……."

"아니면 황태자 전하의 결정에 뭐 불만이라도 있으신지?"

아렌트가 쐐기를 박았다.

"그리고 저는 책임질 생각 전혀 없습니다. 들키면 바로 황태자 전하가 시킨 거라고 다 일러바칠 거니까."

"뭐라고?"

"당연한 거 아니에요? 내가 무슨 힘이 있다고."

말문이 막혀 입만 뻥긋거리는 리히트에게 아서가 안쓰러운 시선을 보냈다.

그러게 왜 말을 붙여서는.

하지만 의아한 것도 사실이었다.

단장이야 원래 제 부하들을 향해 전폭적인 신뢰를 보내는 사람이니 그렇다 치더라도, 황태자가 아렌트를 믿고 일을 맡긴다는 건 분명히 별난 상황이었다.

'이유가 영 짐작 안 가는 건 아니지만.'

잘났으니까, 라…….

싸가지 없는 대꾸였지만, 영 틀린 말만은 아니라는 생각이 들었다. 이런 식의 일 처리는, 제멋대로에 명예나 예의라고는 눈곱만큼도 찾아볼 수 없는 저 자식이 아니면 불가능할 테니까.

'황태자 전하께는 정말 편리한 놈이겠지.'

그 과정에서 라이오스나 다른 기사들이 죽어 나가는 건 차치하더라도.

그때 수정구에서 슈타들러 백작의 목소리가 흘러나왔다.

- 저는 후작님께서 가져오신 표본의 정체가 궁금합니다.

기사들은 입을 다물고 다시 귀를 기울였다.

- 처음 가져오신 것은 고블린과 와이번의 마력을 합친 거였습니다. 두 번째는 카니스의 마력과 백 년 묵은 너구리의 마력이었지요.

- 그건 차차 알게 될 걸세. 그게 바로 백작이 해야 할 일이니까.

그리그 후작이 너스레를 떠는 목소리도 뒤이어 들려왔다.

- 첫 번째 연구가 끝났을 때, 백작은 내게 이 표본은 존재할 수 없는 물건이라 말했지. 하지만 백작이 두 눈으로 확인한 바와 같이 분명히 존재해.

- 마력을 합성하는 방법을 알아내셨다는 뜻입니까?

흥분한 백작의 언성이 한층 높아졌다.

- 그런 셈이지. 사실은 고대의 마법서가 발견되었다네.

- 고대의 마법서…… 말씀이십니까?

- 그래, 발견된 마법서는 한 권이 아니야. 그걸 연구해 줄 사람이 필요한 거지.

수정구를 들여다보는 아렌트의 눈에 이채가 어렸다.

- 그렇다면 그 표본도……?

- 그때 발견된 마법서를 참고해 만든 것이지. 하지만 그게 한계였어. 더 이상 진전이 보이지 않아 백작의 힘을

빌리기로 한 거야.

 확실히 연구자라면 혹할 수밖에 없는 말이었다.

 단 한 번도 세상에 나온 적 없는 마법서라니.

 '침 떨어지겠다.'

 수정구 너머로 슈타들러 백작의 모습을 지켜보던 아렌트가 속으로 혀를 쯧, 찼다.

 - 그, 그래서 그곳이 어딥니까?

 - 원한다면 당장 내일이라도 안내해 주지. 하지만 입 조심하게. 비밀을 엄수하는 게 가장 중요한 일이야. 우선 이 점 먼저 유념해 주게.

 - 아, 아, 예. 물론이죠. 명심하겠습니다.

 슈타들러 백작이 황급히 고개를 끄덕였다.

 아렌트가 기분 좋게 흥얼거렸다.

 "엿듣는 쥐새끼가 세 마리나 있단 건 아직 눈치 못 챈 모양이지?"

 "쥐새끼라고 하지 마, 이 자식아! 이게 누구 때문인데!"

 그렇게 쏘아붙이면서도 혹여 중요한 내용을 놓칠까 아서는 잔뜩 목소리를 낮췄다.

 그리그 후작의 가라앉은 음성이 이어졌다.

 - 영웅 칸 시대의 고대 유적이 발견됐어.

 "뭐?"

 순간 엿듣고 있다는 사실조차 잊어버리고 세 사람이 벌

떡 자리에서 일어났다.

- 고대 마법서들도 다 거기에서 나온 것들이지. 자네가 본 것은 아주 일부일 뿐이라네. 거기엔 어마어마한 것이 묻혀 있어. 백작이 원하기만 하면 아주 큰 부자가 될 수도 있다고.

그리그 후작이 의기양양하게 덧붙였다.

- 우리는 그것을 '정원'이라고 부르지. 황금으로 만들어진 정원이라니, 정말 적절한 은어 아닌가?

"……."

세 사람은 한동안 말을 잇지 못했다.

리히트는 곤혹스러운 얼굴로 얼굴을 쓸어내렸고, 아서는 두통을 가라앉히려는 듯 미간을 꾹꾹 눌렀다.

신나게 시답잖은 소리를 떠들어 대는 후작을 수정구 너머로 빤히 바라보며 아렌트가 가장 먼저 운을 뗐다.

"영웅 칸 시대의 유적이라면…… 칼리온 제국 건국 이전이라는 거죠?"

"그럼 뭐겠냐?"

"하지만…… 그 시대의 유적은 대부분 전쟁으로 소실됐다고 알려졌는데."

리히트가 얼떨떨하게 중얼거리는 소리를 흘려들으며 아렌트는 생각에 빠져들었다.

영웅 칸과 악신교의 전쟁이 단지 이야기로만 존재하는

까닭이 바로 그거였다.

전쟁의 증거로 남은 것은 불타 버린 잔해와 황실에 대대로 전해 내려오는 성검뿐이었으니까. 그 외에는 역사서나 구전 정도가 다였다.

"월척이네, 이거."

아렌트의 입가에 얼핏 미소가 스쳤다.

* * *

일련의 보고에 칸타레스는 관자놀이를 꾹꾹 짚었다가, 얼굴을 쓸어내린 뒤, 커다랗게 한숨까지 터뜨렸다.

아렌트는 그가 생각을 정리할 때까지 가만히 기다려 주었다.

한참의 시간이 지난 뒤, 칸타레스가 간신히 입을 열었다.

"유적? 정원에?"

"네, 듣자 하니 그 유적이란 건 '정원'에서 발견된 것 중 일부일 뿐인 모양입니다만, 어쨌든 영웅 칸 시대의 마법서가 발견된 건 사실인 것 같아요."

아렌트가 기다렸다는 듯이 대답해 주었다.

그제야 제대로 정신을 가다듬은 칸타레스가 끙, 앓는 소리를 냈다.

"이건 또 상상을 초월하는군. 고대의 마법서라…… 그렇다면 젠의 말대로 구울 제작 연구가 진행됐어도 전혀 이상하지 않아."

"마력을 융합하는 데까지는 성공했지만, 거기에서 한계에 부딪힌 거겠죠. 그래서 슈타들러 백작님을 유혹했고요."

아렌트가 가볍게 고개를 끄덕였다.

여기까지는 쉽게 예상할 수 있는 시나리오였다.

"원래 그 땅의 주인이었다는 사람은 그놈들에게 살해당했을지도 모르겠네요. 급사했다면서요."

"충분히 있을 법한 일이야. 그리고 문제는 고대의 기술이 놈들의 손에 넘어갔을지도 모른다는 거로군. 우리가 삽질하는 동안 충분히 시간이 있었을 테니."

"오, 삽질이었다는 걸 드디어 인정하시나요?"

"하여튼 얄미운 새끼. 한마디를 안 져."

칸타레스가 짜증스럽게 투덜거리며 그를 향해 눈을 흘겼다.

"처음에는 백작을 그놈들 사이에 밀어 넣어서 정보를 빼돌리는 데 주력하려고 했지만…… 그렇게 여유 부릴 시간은 없는 것 같은데. 네 생각은 어때?"

"제법 괜찮은 기회 아닐까요."

아렌트가 어깨를 으쓱했다.

"기회?"

"놈들이 꽁꽁 감춰 둔 게 뭔지는 모르겠지만, 무슨 수를 써서든 강탈해야죠. 고대 마법서든 황금 정원이든 뭐든 우리 걸로 만드는 겁니다. 그렇게 하면 자연스럽게 놈들의 세력도 주춤하겠죠."

칸타레스의 눈동자가 흥미로 반짝였다.

"진압도, 점령도 아닌, 강탈?"

"역시 잘 알아들으신다니까."

아렌트가 씨익 웃었다.

신의 이름으로 악적을 처단하겠다는 말도, 기사 된 자의 도리로서 황실을 위협하는 이들을 제거하겠다는 말도 아니었다.

철저히 이득만을 따진다는 말.

기사답진 않았지만 더없이 아렌트다웠다.

칸타레스가 피식 웃음을 터뜨렸다.

"그리 쉽지는 않을 텐데. 놈들의 병력이 얼마나 될지도 모르고."

"하지만 다른 방법도 없습니다. 전하께서 방금 말씀하신 것처럼 시간이 그리 많지는 않을 테니까요."

정원의 주인이 바뀌고 제법 시간이 지났다.

이미 놈들이 얻을 것은 대부분 다 얻었다고 봐도 무방한 시간이었다. 아직 그들의 손이 뻗지 못한 부분은 슈타들러 백작의 연구가 필요한 지점뿐일 터였다.

그것까지 놈들의 손에 넘어간다면 이후에 벌어질 일은 뻔했다.

"어차피 견제해야 하는 거라면 우리 손에 넣어 이용하는 게 이득이란 말이군."

"정답."

아렌트가 가볍게 고개를 끄덕였다.

"어쩌실래요? 그냥 얌전히 있으라고 명하신다면 굳이 나대지는 않겠습니다."

"웃기지 마. 내가 막는다고 네가 얌전히 있을 놈이냐?"

턱을 괸 칸타레스가 손을 휘휘 내저었다.

"백작이 정원으로 향하는 게 언제라고?"

"바로 내일이요."

"성격도 급하군. 너희는 어때?"

"언제든 움직일 수 있습니다."

거기까지 말한 아렌트는 어쩔까요, 라고 묻는 듯한 눈빛으로 칸타레스를 빤히 보았다.

칸타레스가 내어 줄 대답은 하나밖에 없었다.

"작전은? 생각해 둔 게 있을 거 아냐."

"작전이랄 게 있나요. 우선은 저와 아서 선배, 리히트 선배가 뒤를 쫓을 생각입니다."

아렌트가 기다렸다는 듯이 대꾸했다.

"먼저 가서 상황 파악을 하고, 나중에 뒤따라온 제3기 사단과 합류할 생각입니다."

"좋아, 허락하지. 출정해. 지휘권은 라이오스 단장에게 일임하고, 임의 행동 역시 허락한다."

"감사."

씨익, 웃는 아렌트를 곱지 않은 눈으로 흘겨보던 칸타레스는 이내 한숨을 푹 내쉬며 한마디를 더 얹었다.

"사고 치지 말고. 제발."

아렌트는 그저 어깨를 으쓱할 뿐이었다.

* * *

다음 날, 해가 채 뜨기도 전.

아렌트와 아서, 그리고 리히트는 조용히 생활관을 빠져나가 마구간으로 향했다.

제복과 검을 로브로 완전히 몸을 가린 그들의 모습은, 기사보다는 제국 어디에나 있는 여행자 쪽에 더 가까워 보였다.

리히트가 아렌트를 향해 물었다.

"슈타들러 백작님은?"

"30분 전쯤에 그리그 후작님과 함께 출발한다고 연락이 왔어요. 우리도 슬슬 움직이면 될 것 같은데요?"

"지도는?"

"챙겼습니다."

아서 역시 담백하게 대꾸했다. 칸타레스가 직접 정원의 위치를 상세하게 표시해 건네준 지도였다.

리히트가 가볍게 고개를 끄덕였다.

"좋아, 출발한다."

아직 황성의 하루가 시작되기도 전의 이른 새벽.

그렇게 세 명의 기사가 조용히 출정했다.

황성을 빠져나간 그들은 지름길을 통해 황도 중심부를 벗어났다.

다그닥, 다그닥.

말이 속도를 내며 달리자 바람이 기사들의 얼굴을 세차게 때렸다.

해가 어렴풋이 떠오르는 시간, 그들은 도심을 뒤로하고 여명 이전의 그림자에 잠긴 평야를 가로질렀다.

'슬슬 보일 때가 됐는데.'

아렌트는 흐트러진 머리칼을 쓸어 올리고는 정면을 노려보았다.

잠시 후, 단련될 대로 단련된 기사의 눈이 무언가를 포착해냈다.

"저기 보입니다. 그리그 후작의 마차예요."

마침 아서 역시 같은 것을 발견한 모양이었다.

슈타들러 백작이 자신의 짐 가방에 매달아 둔 손거울이 막 떠오르기 시작한 햇빛을 반사한 거였다.

여명이 밝아 오는 새벽, 말을 타고 달리는 그들이 어둠 속에 몸을 숨기기에 안성맞춤인 시간이었다.

기사들은 속도를 천천히 줄였다.

리히트가 안력을 돋워 마차 주변을 확인했다.

"그리그 후작가의 마차가 맞다. 호위는 다섯이군."

"그리그 후작가의 기사입니까?"

"아니, 차림새를 보니 용병인 것 같다."

상황 파악을 끝낸 리히트는 지시를 내렸다.

"따라가자. 들키지 않게 조심하도록."

그리그 후작은 뭐가 그리 급한지 마차에서 한 번 내리지도 않는 강행군을 이어 갔다. 어느덧 해가 중천에 떠오를 때까지 여정은 계속해서 이어졌다.

마른 빵을 우적우적 씹으며 아서가 지도를 확인했다.

"이대로 가면 정원이 건축 중인 곳에 닿을 것은 거의 확실해 보입니다."

"다른 곳으로 샐 것처럼 보이지는 않네요."

아렌트 역시 말 위에서 빵을 냠냠대며 태평하게 대답했다.

리히트는 마차를 감시하던 시선을 거두고 복잡한 눈으로 두 사람을 보았다.

임무 중에 배를 채우지 말란 법은 없지만, 비밀스러운

명령을 수행 중인 이런 순간에 나란히 건빵을 씹어 대는 꼴을 보니 속이 쓰렸다.

아렌트야 원래 그런 녀석이라 하더라도 아서까지 점점 저 망할 놈을 닮아 가는 것 같아 점차 심란해지는 그였다.

"왜 그러십니까? 선배님도 하나 꺼내 드릴까요?"

저 삐딱한 말이 아렌트가 아니라 아서에게서 흘러나왔다는 것부터가 참 유감스러운 일이었다.

짧게 한숨을 내쉰 리히트가 그들을 재촉했다.

"이동하자. 이러다 놓치겠다."

"넵."

두 사람은 남은 빵을 한꺼번에 입에 넣고 말고삐를 고쳐 쥐었다.

그 뒤로도 지루한 이동만이 계속되었다.

그리그 후작은 간간이 짧은 휴식만 취할 뿐 다른 마을에 들르는 일도 없이 마차를 재촉했다.

이윽고 일행은 황무지에 접어들었다.

나무가 마르고 풀 한 포기 없는 거친 땅은 가끔 무리를 잃은 몬스터만 어슬렁거릴 뿐, 그저 삭막하기만 했다.

"대낮이었다면 미행이 제법 어려웠겠네요."

"그러게."

이런 곳에 거대한 정원을 짓는다는 것부터가 황당한 일이라는 생각이 들 때쯤, 기사들은 드넓은 공사 현장을 마주할 수 있었다.

"와······."

가장 먼저 얼빠진 소리를 터뜨린 것은 아서였다. 리히트와 아렌트 역시 비슷한 심정이었기에 딱히 타박하지는 않았다.

아렌트가 질린 얼굴로 중얼거렸다.

"저거, 본성에 딸린 정원보다 넓은 것 아닙니까?"

"규모로 봐서는 그럴 것 같군."

아무것도 없는 황무지에 뜬금없이 조성된 정원은 사막 한가운데에 나타난 오아시스의 신기루처럼 기이하게 보였다.

인부들은 지금 이 순간에도 땀을 뻘뻘 흘리며 작업에 몰두하고 있었다. 메마른 땅을 파낸 자리에 자갈과 식물이 자랄 수 있는 새로운 흙이 끼얹어졌다.

기본 정비가 끝난 곳에는 벌써 나무를 심고 루체 신과 영웅 칸의 동상을 세우기도 했다. 하지만 부지가 너무나도 넓은 탓인지 마무리가 되어 가는 곳은 채 절반도 안 되어 보였다.

아서가 질린 목소리를 냈다.

"완성되면 제법 볼 만할 것 같긴 하네요. 제대로 완성된다면 말이지만. 오히려 이래서 의심을 안 산 건가 싶기도 하고······."

깡, 깡!

여기저기에서 터져 나온 공사 소음이 귀를 때렸다.

그리그 후작이 가명까지 써 가며 모은 재산을 퍼붓고, 다른 귀족들의 돈까지 긁어모으려 한 이유도 충분히 납득할 만한 광경이었다.

인상을 팍 구기고 주변을 살피던 아렌트가 공사장 귀퉁이를 가리켰다.

"저쪽에 있네요. 마차."

"가 보자."

그들은 기척을 죽이고 몸을 숨긴 채 마차에 접근했다.

그리그 후작과 슈타들러 백작은 이미 내렸는지 보이지 않았다. 마부 한 사람만 남아 지루하게 담배를 뻑뻑 피워 댈 뿐이었다.

리히트는 바닥을 유심히 살피다, 마차부터 시작해 공사장 반대쪽으로 이어지는 족적을 발견했다.

"이쪽이다."

리히트를 선두로 그들은 발자국을 따라 이동했다. 그리고 얼마 지나지 않아 세 사람은 약속이라도 한 듯이 발걸음을 멈췄다.

얼핏 봐서는 특이할 것 하나 없는 오두막이 우뚝 서 있었다.

단지 그뿐이라면 인부들이 잠깐씩 쉬는 휴게실이거니

했겠지만, 그리그 후작의 호위들이 오두막을 빙 둘러싸고 지키는 것이 눈에 들어왔다.

리히트가 두 사람에게 눈짓했다.

세 사람은 신속하게 움직였다.

조용히 그들에게 접근한 리히트는 용병의 뒷목을 강하게 때렸다.

"끄윽……!"

뒤늦게 이변을 알아챈 다른 용병이 검을 뽑으려 했지만 뒤에서 접근한 아서에게 순식간에 제압당했다.

그러는 사이 리히트는 한 사람을 더 쓰러뜨렸고, 다른 방향에서 접근한 아렌트도 이미 두 사람을 소리 없이 해치운 뒤였다.

손을 탈탈 턴 아렌트는 흐트러진 로브를 여몄다.

"기척은 딱히 안 느껴지는데요?"

"들어가 보자."

문짝은 안에서 잠겨 있었다.

쿵, 쿵! 아서가 몇 번 발길질하자 쾅, 소리를 내며 자물쇠가 허무하게 박살 나더니 문이 힘없이 열렸다.

내부는 밖에서 본 것과 마찬가지로 평범한 휴게실처럼 꾸며져 있었다.

리히트가 인상을 찌푸렸다.

"아무도 없군."

"그렇다면 어딘가에 비밀 통로가 있겠죠."

어슬렁 앞으로 나선 아렌트는 곧장 바닥에 깔린 카펫을 확, 걷어 내 버렸다. 그러자 천장을 향해 손잡이가 달린 커다란 문 하나가 모습을 드러냈다.

"비밀 통로를 숨기는 곳이야 늘 뻔하지."

손잡이를 힘주어 당기자 문은 별 소음도 없이 쉽게 열렸다. 그러자 지하로 향하는 계단이 하나 드러났다.

휘이잉.

제법 깊은 곳까지 이어져 있는지 서늘한 바람이 계단을 타고 올라왔다.

쾅, 쾅!

먼 곳에서 공사장 소리가 아스라이 들려왔다.

"그럼 황금 정원의 실체를 구경하러 가 보실까요."

짧은 침묵 끝에 아렌트가 짐짓 유쾌하게 툭 내뱉었다.

어둠에 잠긴 계단을 응시하는 그의 황금색 눈동자는 진심으로 이 상황을 즐기는 것처럼 보였다. 덕분에 아서 역시 슬슬 밀려들려던 긴장감을 떨쳐 내고 헛웃음을 터뜨릴 수밖에 없었다.

"지금 이게 재밌냐? 진짜 또라이 자식."

"잡담할 여유 없어. 가자."

리히트도 짧게 핀잔을 주고는 앞장서서 계단을 향해 한 발 내디뎠다.

아렌트는 어깨를 으쓱하고는 순순히 그 뒤를 따랐다.

마지막으로 아서까지 계단에 발을 딛자 스르륵, 마치 누군가가 잡아당기기라도 한 것처럼 문이 닫혔다.

인적이 사라진 오두막은 다시 고요 속에 잠겼다.

5장. 기억해 두지

기억해 두지

쿵.

등 뒤에서 문이 도로 닫히는 소리가 불길하게 들려왔다.

터벅, 터벅.

그들은 긴장을 늦추지 않은 채 칠흑 같은 어둠에 잠긴 계단을 따라 아래로, 아래로 내려갔다.

"보기보다 깊은데요?"

"그런 것치고는 공기가 맑은 편이군. 환기 장치라도 되어 있나?"

아서와 리히트의 대화를 흘려들으며 아렌트는 주변을 둘러보았다. 벽 곳곳에 설치된 횃불이 간신히 발아래를 비출 뿐이었다.

'평범한 사람은 한 발 내딛기도 곤란하겠는데.'

세 사람 다 기사로서 단련된 몸이라 무난히 걸음을 옮기는 거지, 일반인에게는 제법 곤혹스러울 만한 통로였다.

아렌트는 저도 모르게 감각을 곤두세웠다.

바로 그때.

덜그럭.

상황에 어울리지 않는 소리가 문득 귓가를 스쳤다.

아렌트가 반사적으로 고개를 들자 아서와 리히트 역시 대화를 멈추고 정면을 확인했다.

어둠에 잠긴 계단 너머, 어렴풋한 실루엣이 보였다.

"응?"

얼핏 인간 같은 형상이었다.

하지만 얼마 지나지 않아 이상한 점을 깨달았다.

'그것'의 고개여야 할 부분이 이상한 방향으로 꺾여 있었다. 그뿐만이 아니었다. 팔은 기이할 정도로 길어 바닥에 끌릴 지경이었고, 다리는 두꺼운 상체에 비해 지나치게 얇았다.

덜그럭.

그것이 한 걸음 앞으로 나서며 횃불이 비추는 빛 아래로 제 모습을 드러냈다.

그건 인간 따위가 아니었다.

차라리 돌을 깎아 만든 인형이라고 하는 쪽이 옳을 것 같았다. 눈이 위치해야 할 곳에 박힌 이름 모를 보석이

흉흉하게 번뜩였다.

아서가 기함을 터뜨렸다.

"뭐야 저거?"

"골렘?"

아렌트가 저도 모르게 중얼거렸다.

절그럭, 절그럭.

제대로 맞물리지 않은 관절이 움직이며 기괴한 소음을 만들어 냈다.

골렘은 한 체만이 아니었다.

셋 다 안력을 돋워 앞에 집중했고, 이내 할 말을 잃어버렸다.

칠흑으로 가려져 있던 길은 골렘으로 가득 메워져 있었다. 얼핏 보기에도 50체가 넘어 보였다. 어둠 속에서 번뜩이는 눈동자들은 아무리 봐도 기사들에게 호의적인 것 같지는 않았다.

쿵!

놈들이 한꺼번에 앞으로 한 발을 내딛자 천장이 뒤흔들리며 우수수, 흙먼지가 떨어졌다.

아서가 헛웃음을 터뜨렸다.

"우리 망한 거 아냐?"

"아무래도 함정이었던 모양이군."

침착하게 툭 내뱉은 리히트가 검을 다잡았다.

통로를 가득 메운 골렘들을 가만히 응시하던 아렌트가 입을 열었다.

"저기, 놈들 가슴팍에 반짝거리는 거 보이죠?"

"어?"

"저게 놈들의 동력원이거든요? 저거 박살 내면 쉽게 멈출 수 있어요. 딴 곳은 부숴 봤자 바로 재생하기 때문에 소용없고."

아서와 리히트는 골렘들을 다시 살폈다. 확실히 가슴팍에 은은한 빛을 품은 보석이 박힌 것이 보였다.

"야, 넌 그걸 어떻게 알아?"

"지금 그게 중요해요?"

아렌트가 짜증을 터뜨리는 것과 동시에 골렘들이 우르르, 세 사람을 향해 몰려들기 시작했다.

그들은 더 대화할 틈도 없이 검을 붙잡았다.

지척까지 다가온 골렘의 동력 쪽에 아서가 검을 콰득, 쑤셔 박았다.

그러자 골렘은 심장을 공격당한 사람처럼 한순간 뻣뻣해지더니, 그대로 바닥에 허물어져 버렸다.

"진짜네?"

"그럼 내가 이런 상황에 거짓말하겠어요?"

"싸우지 말고 집중해!"

옥신각신하는 두 사람에게 신경질적으로 쏘아붙인 리

히트 역시 골렘을 한꺼번에 베어 넘겼다.

하지만 그렇게 쓰러진 골렘 중 반은 꾸물꾸물 잘려 나간 팔다리를 도로 붙이더니 다시 몸을 일으켰다.

아서는 질린 얼굴로 다시 골렘의 심장부를 파괴했다.

"골렘이라니. 골렘 제작법은 없어진 지 엄청 오래된 거 아니었어?"

"고대 마법서가 있다잖아요. 구울 연구 전에 이것부터 만들어 낸 모양이죠!"

부웅!

제 앞을 스치는 골렘의 팔을 피해 낸 아렌트가 검을 앞으로 내질렀다.

와르르, 순식간에 흙더미로 변한 골렘이 무너져 내렸다. 하지만 숨을 돌릴 틈도 없이 다른 골렘들이 꾸역꾸역 밀려들었다.

뜬금없이 이놈들이 나타났다는 것은 이 앞에 이 자식들을 부리는 연금술사가 있다는 뜻이었다.

'그놈인가.'

아렌트가 짜증스럽게 쯧, 혀를 찼다.

* * *

'잘 따라오고 계실까.'

슈타들러 백작은 마른침을 삼켰다. 아무리 감각을 곤두세워도 기사들이 뒤따라오는 기척은 전혀 느껴지지 않았다.

물론 자신이 기사들의 기척을 느낄 리 만무하지만, 그래도 불안한 건 어쩔 수 없었다.

후작은 입을 꾹 다문 채 그저 앞서가기만 했다.

쾅, 쾅!

어딘가에서 곡괭이질 소리가 아득하게 들려왔다.

계단을 내려와 어두컴컴한 통로를 걷기를 한참…… 마침내 그리그 후작이 입을 열었다.

"백작, 내가 황금 정원이라는 말을 했었지."

"예? 예, 그렇습니다."

"사실 황금 따위와는 비교할 것도 아니야. 그보다 훨씬 값어치 있는 물건일세."

어느새 두 사람은 낡아 빠진 문 앞에 서 있었다.

그리그 후작이 힘주어 밀자 쩍, 쩌적 하는 불쾌한 소리와 함께 문이 열렸다.

흑, 끼쳐 오는 흙먼지에 반사적으로 얼굴을 가렸던 백작은 눈앞에 펼쳐진 광경에 그만 할 말을 잃어버리고 말았다.

'동굴인가?'

어지간한 홀 정도의 넓이였다.

아무리 생각해도 자연스럽게 만들어진 동굴은 아니었다.

인위적으로 땅을 파 만든 굴 내부를 벽에 설치된 조명이 환하게 밝혔다. 게다가 벽 곳곳에는 사람이 들어갈 만한 통로들이 수십 개 나 있었다.

그 광경을 멍하니 바라보던 슈타들러 백작은 그리그 후작의 목소리에 퍼뜩 정신을 차렸다.

"굉장하지 않나?"

"후, 후작님. 이곳은……."

가까스로 입술을 달싹이는 슈타들러 백작에게 그리그 후작이 씨익, 이를 드러내며 웃어 보였다.

"그래, 맞아. 광산일세."

광산.

백작의 입이 벌어졌다.

지금 그들이 선 이곳은 광산의 중심부. 저 작은 굴들은 갱도였다.

희미하지만 이 공간 전체에서 뭐라 설명하기 힘든 마력이 느껴졌다. 그러자 머릿속에서 차곡차곡 퍼즐이 맞춰지는 기분이었다.

황무지 한가운데에 굳이 막대한 자금을 들여 정원을 건축하는 이유는 바로 채굴 소음을 숨기기 위해서.

굳이 그런 경제적 부담과 수고로움을 감수하면서도 광산을 독차지하려는 이유는, 이곳에서 나는 광물이…….

"먼 길 잘 오셨습니다, 슈타들러 백작님."

그때, 불쑥 들려온 낯선 사람의 목소리에 백작이 화들짝 놀라 뒤로 물러섰다.

도대체 언제부터 거기에 있었던 건지, 고작 몇 걸음 떨어진 곳에 한 청년이 서 있었다.

청년은 얼핏 아렌트와 비슷한 연배처럼 보였다. 단정한 정장을 차려입은 몸은 잘 단련된 듯 균형 잡혔고, 허리춤에는 장검 하나가 매달려 있었다.

무엇보다 슈타들러 백작의 시선을 잡아 끈 것은 그의 얼굴을 절반쯤 가린 검정색 가면이었다.

드러난 것은 오직 턱과 입술뿐이었다.

얼굴을 가릴 용도로만 만들어진 것인지, 가면에는 그 흔한 장식조차 하나 없었다.

슈타들러 백작은 상대가 건넨 인사에 대답할 엄두도 내지 못했다. 대신 그리그 후작이 급하게 앞으로 나섰다.

"빈센트 님! 그간 격조했습니다. 어떻게 지내셨습니까?"

"나야 늘 잘 지냈지, 후작. 보고서는 잘 받아 봤어. 슈타들러 백작이 흔쾌히 여기까지 방문해 주실 줄은. 후작의 공이 큰걸."

빈센트라 불린 인물이 빙그레 미소 지으며 그리그 후작의 어깨를 툭툭 두드렸다. 그러자 그리그 후작이 환히 웃으며 고개를 깊이 숙였다.

고작 스무 살이 되었을까 말까 한 청년에게 그리그 후작이 굽실대는 모습이 퍽 가관이었다.

멍하니 자신을 보기만 하는 슈타들러 백작에게, 빈센트가 다시 은근히 말을 붙였다.

"백작님?"

"아, 죄송합니다. 조금 놀라서…… 렉스 폰 슈타들러라고 합니다."

"빈센트라고 편히 부르시면 됩니다."

생긋, 빈센트가 다시 사람 좋은 미소를 지어 보였다.

"놀라신 것도 이해합니다. 보신 바와 같이 이곳은 광산입니다. 게다가 나오는 것 역시 평범한 광물이 아니죠."

"이곳에서 나는 것이 설마…… 마정석입니까?"

슈타들러 백작이 더듬더듬 물었다.

그러자 빈센트가 환한 웃음을 터뜨렸다.

"역시 마력 연구자로 이름 높으신 슈타들러 백작님. 명불허전입니다. 벌써 알아차리셨군요."

눈앞이 아찔해지는 것 같았다.

황금 따위는 비교조차 되지 않는다는 말은 전혀 과장이 아니었다.

제국 내에서 마정석 광맥은 아주 오래전에 씨가 말랐다고 알려졌다. 하지만 이렇게 대규모로, 심지어 황성과 얼마 떨어지지 않은 곳에 채굴장이 존재했을 줄은.

"따라오세요, 백작님. 여기에서 나는 마정석은 아주 질이 좋습니다. 원하신다면 얼마든지 가져가셔도 괜찮습니다."

빈센트는 품을 뒤지더니 선명한 보랏빛을 띤 작은 보석 몇 개를 꺼내 슈타들러 백작에게 내밀었다.

슈타들러 백작은 또다시 할 말을 잃어버리고 말았다. 최상품이라는 말을 증명이라도 하듯, 마정석은 정순한 마력을 품은 채 희미하게 반짝이고 있었다.

'그야말로 차원이 다른 마정석이다.'

이 정도 질의 마정석이라면 가장 작은 크기의 마정석 세 조각만으로도 황도 내의 집 한 채 정도는 쉽게 살 수 있을 터.

게다가 연구에서의 효용성은 두말할 것도 없었다.

빈센트는 싱긋 웃으며 마정석을 그에게 쥐여 주었다.

슈타들러 백작은 거절할 생각도 하지 못하고 멍하니 그것을 받아들었다.

"그것은 선물이니 넣어 두세요. 물론 백작님은 이런 것보다는 마법서 쪽에 더 관심이 많으시겠죠? 바로 안내해 드리겠습니다."

"아…… 예, 예에……."

빈센트는 넋을 놓은 채 고개만 끄덕이는 그를 안쪽으로 잡아끌었다. 눈치만 보던 그리그 후작 역시 슬그머니 그들의 뒤를 따랐다.

"백작님께서 기대하시는 것은 안쪽에 있습니다. 이걸 발견한 것은 단순한 우연이죠. 아주 운이 좋았습니다."

"우연이란 말씀은……."

"마정석 광산을 조사하다가 나온 겁니다. 입구가 단단히 숨겨져 있었죠."

서슴없이 걸음을 옮기는 빈센트가 웃음기 띤 얼굴로 유쾌하게 말했다.

그들은 갱도와는 다른 방향으로 이어진 복도를 따라 한참을 또 걸어 들어갔다.

먼저 앞서 나간 빈센트가 낡은 나무 문 하나를 또 여는 순간, 백작은 저도 모르게 입을 벌렸다.

"여긴……."

"먼저 한차례 조사하긴 했지만, 거의 그대로 보존해 두었습니다. 모두 다 백작님이 연구해 주셔야 할 것들입니다."

바깥도 광산의 일부분치고는 상당히 쾌적한 편이었지만, 이곳은 지하라는 것이 믿기지 않을 정도로 청량한 공기가 감돌았다.

습기나 냉기 따위도 전혀 느껴지지 않았다.

바닥은 처음 보는 양식의 카펫으로 장식되어 있었고, 장식장은 온갖 보석과 마정석, 그리고 처음 보는 신(神)의 조각상들이 즐비하게 늘어서 있었다.

그리고 무엇보다, 한쪽 벽을 가득 메운 책장.

슈타들러 백작은 홀린 듯이 책장 쪽으로 걸어갔다.

꽂힌 책은 대부분 마법서였지만 개중에는 연금술이나 공학 기술 서적도 상당히 섞여 있었다.

"이왕이면 외부로 운반하고 싶었지만, 이 방 밖으로 물건을 반출할 수 없도록 마법이 걸려 있더군요. 그래서 본의 아니게 이리 방치해 둘 수밖에 없었습니다."

백작은 덜덜 떨리는 손을 뻗어 책 한 권을 꺼냈다. 오랜 세월이 지나는 동안 변색된 종이 위에 고대어가 빼곡히 새겨져 있었다.

게다가 부분 부분 직접 그려 넣은 삽화까지 보였다.

슈타들러 백작이 아득하게 중얼거렸다.

"말도 안 돼……."

이건 여태껏 칼리온 제국 역사에 단 한 번도 없던 대발견이었다.

"자, 이제 두 눈으로 직접 확인하셨으니 본격적으로 일 이야기를 해 볼까요."

황망히 중얼거리던 백작은 등 뒤에서 불쑥 들려온 목소리에 홱, 몸을 돌렸다.

빈센트가 싱긋 웃으며 그를 바라보고 있었다.

"죄, 죄송합니다. 제가 이런 실수를…… 너무 엄청난 물건이다 보니 그만 정신이 팔렸습니다."

"괜찮습니다. 이해합니다. 오히려 열정적인 모습이 보기 좋습니다. 그리고 실수를 저지른 쪽은 백작님이 아닙니다."

"……?"

슈타들러 백작이 의아하다는 표정을 짓자 어깨를 으쓱한 빈센트는 몸을 빙글 돌렸다. 그의 시선이 닿은 곳은 바로 멍하니 서 있던 그리그 후작이었다.

가면을 쓴 남자와 눈을 마주친 그리그 후작이 멍청히 눈을 끔뻑였다.

그리고 잠시 후…… 그의 얼굴이 새파랗게 질렸다.

"빈, 빈센트 님?"

"실수를 저지른 건 바로 이 사람이지요. 그렇지, 후작?"

그렇게 말하는 빈센트의 어조는 제법 다정했다. 하지만 그리그 후작은 사형 선고라도 받은 사람처럼 뒤로 주춤, 한 걸음 물러섰다.

"비, 빈센트 님……."

"멍청한 짓을 벌이는 바람에 투자자 대부분이 대거 빠져나가고, 얄팍하나마 그간 쌓아 뒀던 인망까지 잃어버렸으니…… 이걸 실수라고 하지 않으면 뭘 실수라고 할까?"

빈센트가 흥얼거리듯 이어 간 말에 후작의 낯빛이 더욱 창백해졌다.

"죄송합니다! 죽을죄를 지었습니다! 한 번만 용서해 주십시오!"

"뭐, 그 정도는 슈타들러 백작을 모셔 온 것으로 어떻게든 용서는 되겠지만."

순간 식은땀이 흐르던 후작의 얼굴에 화색이 돌았다.

하지만 다음 순간.

"그 나이를 먹고 애새끼의 수작질에 넘어가면 안 되지."

서걱.

가슴게에 퍼지는 화끈한 통증에 그리그 후작은 멍하니 시선을 아래로 떨어뜨렸다. 크게 베인 상체에서 천천히 피가 흘러나오고 있었다.

비명을 지를 수도, 더 이상 항변을 할 수도 없었다.

고개를 든 마지막 시야에 무심히 제 검을 털어 내는 빈센트의 모습이 보였다.

스르륵, 쿵.

숨이 끊어진 후작의 몸뚱이가 육중한 소리를 내며 바닥에 쓰러졌다.

"아, 아, 아……."

커다란 상처에서 흘러나온 피가 웅덩이를 만들어 냈다.

비릿한 냄새가 코를 찔렀다.

빈센트는 아무렇지도 않게 후작의 시체를 넘어 슈타들러 백작에게 다가왔다.

"이거 죄송합니다. 초면에 험한 꼴을 보여 드렸군요."

방금 사람을 하나 베어 놓고도 빈센트는 아무렇지도 않은 모습이었다.

백작은 본능적으로 주춤, 뒤로 한 걸음 물러섰다.

"가, 가까이 오지 마십시오!"

"겁먹지 않으셔도 괜찮습니다. 백작님은 중요한 인재이니 쉽게 해칠 수는 없지요. 단, 몇 가지 질문에만 대답해 주신다면요."

철컥.

싱긋 웃은 빈센트가 백작의 목 바로 아래에 검을 겨누었다.

"최근 황성에 우리의 대의를 방해하려 하는 쥐새끼가 있는 듯하던데…… 백작은 혹시 그게 누구인지 아십니까? 아마 짐작 정도는 하실 거라 생각합니다."

"예?"

"이스트 금고 일을 아실 텐데요. 지금 황성에서 가장 떠들썩한 화제라고 들었습니다."

당황해 되묻던 슈타들러 백작은 이어진 말에 그만 말문을 잃어버리고 말았다.

"그때 황실 기사단 측에 정보를 넘긴 이가 있었습니다. 금고 안에 있던 우리들의 소중한 보물 하나도 훔쳐 갔고요. 그 보물은 우리 동료가 아니라면 알아볼 수 없는 물

기억해 두지 〈235〉

건입니다. 그 말인즉슨."

그리그 후작의 피가 묻은 검날이 슈타들러 백작의 목을 더욱 바짝 옥죄었다.

"우리 내부에 배신자가 있다는 뜻인데."

이스트 금고 사건에서 황실 기사단에 정보를 제공한 자라면 바로 아렌트였다.

슈타들러 백작의 입술이 긴장감에 바짝 말라 갔다.

"그리고 또 얼마 지나지 않아, 우리 쪽 인재 하나가 실종되었습니다. 조사해 보니 황실 제3기사단의 젊은 기사에게 죽었더군요. 그가 가지고 있던 보물 역시 빼앗긴 모양이고."

성큼.

빈센트가 백작에게 한 걸음 가까이 다가갔다.

"최근 황성에서 그리그 후작에게 망신을 준 사람도 역시나 제3기사단의 견습 기사더군요. 우연히도, 그 견습 기사는 이스트 금고 사건이 있기 전 체포되었다가 풀려났고. 그래서 말인데."

가면 너머의 색을 알 수 없는 눈동자가 백작을 완전히 옭아맸다.

"아렌트 폰 에크하르트라는 자를 아십니까?"

꿀꺽.

마른침이 넘어갔다.

식은땀이 턱을 타고 흘러내려 똑, 바닥에 떨어졌다.

빈센트의 어깨너머로, 바닥에 쓰러진 채 미동도 하지 않는 그리그 후작이 보였다.

당장 대답하지 않으면 죽는다.

그런 강한 직감이 들었다.

'대답한다면?'

그렇다면 더 이상 황성으로 돌아갈 수 없다. 이미 황태자에게 목숨을 저당 잡힌 상태니까. 거짓말도 통하지 않을 것이다.

백작은 저도 모르게 입술을 꽉, 깨물었다.

언젠가, 아스라이 음악이 들려오던 황성 정원에서 고스란히 달빛을 받아 내던 아렌트의 모습이 떠올랐다.

그러자 자연스럽게 입이 열렸다.

"⋯⋯저는."

형편없이 떨려 나오는 목소리를 가다듬으려 백작은 잠깐 뜸을 들였다.

잠시 후, 한결 차분해진 음성이 흘러나왔다.

"잘 모르겠습니다."

"흠?"

"철없는 어린 기사라는 것 정도밖에 모릅니다. 여기저기에서 문제를 일으키고 다닌다더군요."

슈타들러 백작은 눈을 똑바로 뜨고 빈센트를 바라보았다.

빈센트는 잠깐 고개를 갸웃, 하다가 이내 한 걸음 뒤로 물러섰다.

"백작님의 대답이 그러시다면야."

그리고 바로 다음 순간.

"아쉽게 됐습니다."

철컥, 빈센트가 검을 고쳐 잡았다.

미처 백작이 반응할 틈도 없이 피로 얼룩진 검날이 날아들었다. 백작은 뒤에 닥칠 고통을 예감하며 눈을 질끈 감아 버렸다.

그때, 억센 손이 백작의 가슴팍을 강하게 밀쳤다.

그것과 거의 동시에.

채애앵!

검과 검이 부딪히는 요란한 쇳소리가 지하 공간의 묵직한 공기를 찢어발겼다.

우당탕!

바닥에 내동댕이쳐진 슈타들러 백작은 얼떨떨하게 위를 올려다보았다.

긴 로브 자락이 펄럭이며 견습 기사의 제복이 고스란히 드러났다. 다음으로 눈에 들어온 것은 조금 흐트러진 새하얀 은발이었다.

"나다, 이 새끼야."

슈타들러 백작의 앞을 막아선 아렌트가 무심하게 툭 내뱉었다. 곧게 뻗은 검 끝이 빈센트의 목을 똑바로 겨누었다.

빈센트가 피식 웃음을 터뜨렸다.

"이런, 설마 벌써 빠져나왔을 줄은 몰랐는데."

"당연하지. 그깟 흙 인형 따위로 막을 수 있을 거라고 생각했어?"

"미친놈아, 혼자 튀어 나가지 말라니까!"

뒤이어 들려온 또 다른 목소리에 빈센트가 멈칫했다. 어느새 접근한 아서와 리히트가 빈센트의 등을 검으로 겨누고 있었다.

슈타들러 백작이 얼떨떨하게 중얼거렸다.

"어, 어떻게……?"

"늦어서 죄송합니다."

딱딱한 어조로 사과하는 리히트의 꼴은 엉망진창이었다. 늘 단정하던 머리는 헝클어진 채였고, 의복도 온통 흙투성이였다.

너덜너덜한 것은 아서와 아렌트 역시 마찬가지였다.

고개를 삐딱하게 기울인 아렌트가 한마디 내뱉었다.

"검 내려놓지?"

"별로 내키지는 않는데."

당장 목숨이 위협받는 상황에도 빈센트는 아랑곳하지 않고 싱긋 미소 지었다.

"역시나 서리 어린 손길은 당신이 빼돌렸군, 아렌트

경. 강한 자의 그림자도 그쪽으로 넘어갔을 테고. 덕분에 우리는 닭 쫓던 개 꼴이 되는 걸로도 모자라서 아까운 인재를 여럿 잃었어. 이걸 어쩌면 좋을까?"

"인재는 개뿔. 고작 애송이 기사가 판 함정에 빠지는 게 무슨 인재야?"

아렌트 역시 슬쩍 입꼬리를 올렸다.

두 사람의 시선이 허공에서 마주쳤다.

"버르장머리 없는 애새끼로군."

"변태 가면한테 듣고 싶지는 않은데."

상상도 하지 못한 발언에 빈센트가 멈칫했다.

그 틈을 놓치지 않고 나머지 둘이 검을 날렸다.

빈센트는 몸을 빙글 돌려 리히트와 아서의 검을 걷어 냈다.

강한 힘에 두 사람이 비틀거리는 찰나, 그는 곧장 땅을 박차고 아렌트를 향해 달려들었다.

"아렌트!"

"백작님이나 챙겨요!"

아서의 다급한 외침에 아렌트가 짜증스레 대꾸했다.

콰아앙!

두 사람의 검이 맞부딪치며 광산 전체가 뒤흔들렸다.

맞댄 검이 새하얗게 얼어붙은 것을 본 빈센트의 눈에 이채가 어렸다.

"벌써 사용법을 익힌 모양이지? 제법 까다로웠을 텐데."
"내가 좀 잘나서."

짤막하게 대꾸한 아렌트가 검을 쳐 냈다.

캉, 카앙!

날카로운 소음이 몇 차례나 터지며 두 사람이 검을 주고받았다. 그러는 사이 아서는 아직도 주저앉은 슈타들러 백작을 부축해 일으켰다.

"나가는 길은 알죠? 먼저 도망치세요."
"아, 알겠습니다."

슈타들러 백작이 급하게 고개를 끄덕이며 바깥을 향해 달려 나가기 시작했다.

빈센트는 그 모습을 놓치지 않고 아렌트를 강하게 밀쳐 낸 뒤, 달려 나가는 슈타들러 백작을 향해 새빨간 검기를 날렸다.

하지만 한발 먼저 움직인 리히트가 검기를 쳐 냈다.

콰아앙!

강한 힘과 정면으로 충돌한 손목이 시큰해졌다.

'강하다.'

리히트의 눈이 조금 커졌다.

그 틈에 아서와 아렌트가 동시에 빈센트를 향해 달려들었다.

새하얀 검기가 주변을 휩쓸며 차가운 서리가 바닥에 내

려앉았다.

한순간 빈센트의 시야가 얼음 안개에 가려졌다. 그 틈을 타 아서가 빈센트의 옆구리를 노리고 불쑥 나타났다.

콰아앙!

빈센트는 곧장 검을 비틀어 아서를 막아 냈다.

"나 참. 골렘 정도로 처리할 수 있을 거라곤 생각 안 했지만, 그래도 시간 벌이쯤은 될 거라고 생각했는데."

빈센트는 별 힘도 들이지 않고 아서를 확 밀치더니 다리를 걸어 넘어뜨렸다.

우당탕!

바닥을 구르는 아서의 심장에 빈센트의 검이 박히려는 찰나, 아렌트의 검이 불쑥 끼어들어 공격을 막아 냈다.

채애앵!

제 검이 튕겨 나가자 빈센트가 짜증스레 혀를 찼다.

아서는 그 틈을 놓치지 않고 몸을 굴려 그 자리를 벗어났다.

다시 빈센트와 대치한 아렌트가 피식 웃었다.

"기껏 준비한 함정이 박살 나서 유감이네."

"그러게. 어쩌면 서리 어린 손길을 회수할 수도 있을 거라 기대했는데."

빈센트가 입을 비죽였다.

"누가 준대? 원래 바닥에 굴러다니던 쓰레기는 먼저 주운 사람이 임자야."

"정말 말 한마디를 안 지는군."

즐겁다는 듯 흥얼거린 빈센트가 한 발을 내디뎠다. 그리고 다음 순간, 그의 신형이 아렌트 코앞에 불쑥 나타났다.

"……!"

아렌트가 반사적으로 검을 치켜드는 것과 동시에, 빈센트의 검이 위에서 아래로 떨어졌다.

콰아아앙!

새빨간 검기에 휩싸인 검이 새하얀 얼음 검에 가로막혔다.

전신에 가해진 충격에 아렌트가 휘청하는 찰나, 빈센트가 훌쩍 뛰어 뒤로 물러났다.

"아무리 그래도 3대1은 내가 불리하니까."

"어딜 도망치려고!"

아서가 고함치자 빈센트는 보란 듯이 통로를 따라 땅을 박차고 내달리기 시작했다.

기사들은 지체히지 않고 그의 뒤를 추격했다.

탁 트인 동굴에 다다르자 세 사람의 걸음이 서서히 잦아들었다.

빈센트는 천장과 가까운 곳에 난 갱도 앞에 우뚝 서 있었다.

아서가 사납게 으르렁거렸다.

"내려와, 이 개자식아."

"미안하지만 다음을 기약할게. 여기서 더 시간 낭비하는 것도 곤란하고."

기사들을 천천히 훑어보던 빈센트는 아렌트와 눈을 마주치고는 빙그레 미소 지었다. 가면 너머의 눈동자가 반달 모양으로 휘어졌다.

"아렌트 폰 에크하르트 경."

"왜."

"너는 배신자인가?"

"그렇다면 어쩔 건데?"

아렌트가 퉁명스럽게 대꾸했다.

두 사람의 시선이 허공에서 마주치고 이내 빈센트가 피식, 웃음을 터뜨렸다.

"그 얼굴 똑똑히 기억해 두지."

"나도 기억해 둘게, 변태 가면."

순간 가면에 가려진 빈센트의 표정이 미묘하게 구겨지는 듯했다.

하지만 그는 곧 고개를 두어 번 내젓고는 갱도 안쪽으로 사라져 버렸다.

아서가 곧장 땅을 박차려 앞으로 나섰다.

"저 자식이……!"

"내버려 둬요. 어차피 못 잡을 테니까."

하지만 불쑥 튀어나온 후배 놈의 목소리가 발걸음을 잡아챘다. 빈센트가 사라진 갱도와 아렌트를 번갈아 보던 아서는 이내 쯧, 혀를 차며 납검했다.

"재수 없는 자식."

사실 더 싸우는 것은 무리였다. 세 사람 다 골렘을 뚫고 오느라 체력이 바닥을 드러내기 직전이었으니까.

아서가 얼굴을 닦아 내며 투덜거렸다.

"다시는 저놈이랑 같이 일 안 할 겁니다. 무슨 저주라도 받았나, 같이 가는 곳마다 대형 사고야."

"나도 그러고 싶지만, 그건 마음대로 되는 게 아니지."

리히트 역시 힘 빠진 소리로 중얼거렸다.

* * *

근처에서 대기하던 3기사단은 얼마 지나지 않아 정원에 다다랐다.

슈타들러 백작의 안내를 받아 급히 광산 쪽으로 달려오던 라이오스는, 너덜너덜한 몰골로 계단을 올라오는 세 사람과 정면으로 마주쳤다.

"그……."

라이오스는 답지 않게 말을 버벅거렸다.

당연한 반응이었다. 출발할 때의 단정하던 기사들은 어디가고 웬 거지들이 눈앞에 나타났으니.

머리칼과 얼굴은 흙이 덕지덕지 붙어 엉망이었고, 걸친 로브는 반쯤 찢어진 데다 그 안의 제복 역시 온통 흙투성이였다.

이들에게 들을 이야기가 많았다. 하지만 부하들의 몰골을 보고 있자니 그런 사무적인 말은 도무지 입 밖으로 나오지 않았다.

결국 라이오스는 이마를 짚으며 한숨을 푹, 내쉬고 말았다.

"……상황은 종료된 것 같으니 일단은 좀 씻고 오도록."

"아, 아까 가면서 봤는데…… 저쪽에 일꾼들이 사용하는 우물이 있습니다."

슈타들러 백작이 슬그머니 정원 공사장 쪽을 가리켰다.

세 사람은 군말하지 않고 백작이 알려 준 방향을 향해 터덜터덜 걸음을 옮겼다.

이동하기 전에 아렌트가 언제나 그랬듯, 성의 없이 툭 내뱉었다.

"계단 내부에 흩어진 건 골렘의 잔해니까 너무 놀라지 마세요."

"뭐? 골렘?"

"그리고 그리그 후작님이 사망했습니다."

이어진 한마디에 라이오스의 표정이 딱딱하게 굳었다.
"······그건 들었다."
"혹시 몰라서 한 번 더 확인했더니 이미 숨이 끊어져 있었습니다. 즉사하신 것 같아요. 수습은 단장님이 알아서 하세요."

그것을 마지막으로 아렌트는 미련 없이 그 자리를 떠 버렸다.

한동안 그의 뒷모습을 응시하던 라이오스는 곧 고개를 내젓고는 광산 내부로 통하는 입구 쪽을 향해 몸을 돌렸다.

"가자. 우선 조사부터 해야지."
"예!"

멍하니 있던 기사들이 퍼뜩 정신을 차리고 우렁차게 대답했다.

정원 공사는 당장 중지되었다.

사정을 모르고 어리둥절해하는 인부들을 달래 돌려보낸 기사들은 지하로 진입 후, 계단을 가득 메운 골렘 잔해들을 보고 기함을 터뜨릴 수밖에 없었다.

기다란 팔과 다리, 그리고 아직도 빛을 잃지 않고 눈을 번뜩이는 머리통이 아무렇게나 굴러다니는 꼴은 사람의 간담을 서늘하게 만들기 충분했다.

그래도 기사들은 기사.

누구 말마따나 제일 칼싸움 잘하는 인간들을 모아 놓은 기사단답게, 갱도 내부에서 골렘이 몇 채 더 발견되긴 했지만 어렵지 않게 정리했고, 그리그 후작의 시신 역시 무난히 수습했다.

그렇게 시간이 지나 다소 침착함을 찾은 슈타들러 백작도 합류하여 유적을 살피기 시작할 즈음, 아렌트와 일당들이 조금 멀쩡해진 꼴로 다시 나타났다.

물에 푹 젖은 머리칼을 털며 아렌트가 투덜거렸다.

"진짜 뒈지는 줄 알았네. 선배들은 운 좋은 줄 알아요. 나 아니었으면 골렘에 깔려 죽었을걸."

"그런 말만 안 지껄이면 좀 고마워할 수도 있을 것 같은데."

"제 말이요."

리히트가 힘없이 중얼거리는 소리에 아서 역시 짜증스레 고개를 끄덕였다.

방 안을 조사하던 슈타들러 백작은 그들이 아옹다옹하는 목소리를 듣고 바로 고개를 번쩍 들었다.

"오셨습니까? 세 분 다 어디 다치신 곳은 없고요?"

"에이, 문제없습니다. 그런 놈한테 다치면 기사 실격이죠."

아서가 사람 좋게 웃어 보이자 슈타들러 백작은 그제야 안도의 한숨을 내쉬었다.

"다행입니다. 그리고 아렌트 경."

"네?"

딴청을 부리던 아렌트가 고개를 돌리자 슈타들러 백작이 갑작스럽게 허리를 푹, 숙였다.

"구해 주셔서 정말 감사합니다. 아렌트 경이 아니었다면 저는 죽은 목숨이었을 겁니다."

"별것도 아닌 걸 가지고. 백작님이 죽으면 이쪽이 더 곤란해지니까요."

돌아온 것은 시큰둥한 반응이었지만 슈타들러 백작은 아랑곳하지 않고 미소 지었다.

"비단 이번 일만 보고 이러는 건 아닙니다. 연회 날, 아렌트 경과 대화를 나누지 않았다면…… 저도 그리그 후작님과 같은 말로를 맞이하게 되었겠지요. 악인이라는 이름을 뒤집어쓴 채로요."

그제야 아렌트는 시선을 돌려 슈타들러 백작을 마주 보았다.

백작이 희게 웃으며 다시 한번 말했다.

"정말 감사합니다."

"……."

몇 번 뒷머리를 긁적이며 아렌트는 눈동자를 데굴 굴렸다.

설마 성검의 푸른 기사 속 대표 또라이 캐릭터에게 이

런 말을 들을 줄은.

피비린내 나는 구울들 사이에서 깔깔대며 웃는 그를 잠깐 상상해 보던 아렌트는, 눈앞의 유약한 슈타들러 백작을 새삼 물끄러미 응시했다.

슈타들러 백작은 여전히 창백한 낯에 미소를 드리운 채였다.

아렌트는 피식 입꼬리를 올렸다.

"별말씀을."

슈타들러 백작이 순간 얼빠진 표정을 지었다.

그를 그냥 내버려 둔 채 아렌트는 몸을 휙 돌려 숨겨진 방 안으로 성큼성큼 들어가 버렸다.

마정석에 둘러싸인 덕에 지하 공간 전체는 땅 속이라는 게 믿기지 않을 정도로 공기가 맑았다.

이 공간은 특히나 더 쾌적했다.

아렌트는 곧 천장에 박힌 커다란 마정석 하나를 발견했다. 저게 이 공간의 공기 정화 장치 역할을 수행하는 모양이었다.

황급히 뒤따라온 슈타들러 백작이 설명을 시작했다.

"잠깐 둘러보았는데, 아무래도 고대의 대마법사가 사용하던 공간인 것 같습니다. 이 광산 전체를 생활 공간으로 삼은 모양입니다."

"생활 공간?"

"네, 갱도의 중심이 된 밖의 큰 동굴도 아주 오래전에 만들어진 듯하더군요. 추측컨대, 이 방의 주인이 만든 게 아닌가 합니다."

아렌트가 짧게 되묻자 슈타들러 백작이 곧장 답을 내주었다.

방 안에는 마법서뿐만이 아니라 각종 생활 집기며 옷과 간단한 가구도 고스란히 남아 있었다. 마정석 덕분에 먼지도 거의 쌓이지 않아 몇백 년이나 방치되었다고는 상상도 못 할 모습이었다.

"출구로 이어지는 계단은 놈들이 광산을 개발하면서 만든 것 같습니다. 그것 외에는 따로 통로가 없는 듯합니다. 일단은 다른 기사님들이 조사 중입니다만."

"통로가 없으면 여기 주인은 어떻게 드나들었는데요?"

"아마 텔레포트 마법을 이용하지 않았을까요. 지금이야 마법이 대량으로 실전되며 불가능한 일이 되었지만, 고대에는 텔레포트 마법을 시전할 수 있는 대마법사도 존재했을 테니까요."

거기까지 말한 슈타들러 백작의 목소리가 한층 더 들떴다.

"그런 마법의 흔적을 찾아낼 수 있다면 그거야말로 아주 큰 발견이 될 겁니다. 칼리온 제국의 마법 역사를 새로 쓰는 거지요!"

이야기를 대강 흘려들으며 아렌트는 다시 천장을 올려다보았다.

아까는 눈여겨보지 않았지만, 천체도로 보이는 낡은 천장화가 오랜 세월을 품은 채 고스란히 남아 있었다.

그때, 밖에서 광산을 정리하던 라이오스가 방 안으로 들어왔다.

"백작님, 좀 도와주시겠습니까? 광산 전체를 감싼 결계를 해제해야 합니다."

"아, 예! 알겠습니다."

급하게 고개를 끄덕인 슈타들러 백작이 밖으로 나갔다. 이제 이 공간에 남은 것은 단장과 아서, 리히트…… 그리고 아렌트뿐이었다.

라이오스는 드디어 묻고 싶던 것을 입 밖으로 꺼낼 수 있었다.

"대략적인 상황은 슈타들러 백작님께 전해 들었다. 어떻게 된 거지?"

"이건 제 추측일 뿐이지만."

기다렸다는 듯이 운을 뗀 것은 아렌트였다.

"애초부터 이 광산을 비울 생각이었던 것 아닐까요?"

"왜 그렇게 생각하지?"

"뻔하죠. 놈들이 생각보다 쉽게 광산을 포기했어요. 남아 있던 사람이 고작 한 명뿐이었다는 것도 이상하고. 처음부터 슈타들러 백작님만 챙겨서 빠져나갈 심산이었던 겁니다."

이미 마법서며 전 주인이 사용한 실험 도구도 모두 복제하고도 남았을 시간이었다. 마정석도 얻을 만큼 얻었다면 몸만 빼 가도 문제는 없을 터.

"이미 물러날 준비를 마쳤기 때문에 그리그 후작님이 꼬리를 밟혔다는 걸 알면서도 여기까지 불러들인 겁니다. 입구에 골렘 함정을 만들어 놓고요. 거기에 우리가 보기 좋게 걸려든 거죠."

소설 속 연회 에피소드에서도 그랬다. 라이오스에게 발각당한 그들은 자살로 위장한 시체 하나만 덜렁 남겨 둔 채 자취를 감춰 버렸다.

분명 사전에 물러설 준비를 해 두었다고 봐도 될 듯했다.

"그리그 후작을 살해한 자는?"

"놓쳤습니다. 죄송합니다."

"어차피 쫓아갔어도 못 잡았을 거라니까요."

아서가 시무룩하게 대꾸하는 말에 아렌트가 덧붙였다.

골렘을 본 순간, 아렌트는 자연스레 그를 떠올릴 수밖에 없었다.

빈센트는 등장할 때마다 피바람을 몰고 다니던 캐릭터였다.

전투 특화용으로 제작된 골렘에게 숱한 민간인이 학살당

했고, 그를 저지하러 파견된 기사들까지 큰 피해를 입었다.

골렘도 골렘이었지만, 기사들을 가장 곤혹스럽게 만든 것은 바로 놈이 지닌 아티팩트였다.

소설 속의 빈센트는 아티팩트를 이용해 인간을 마음대로 조종해 댔다. 놈의 마리오네트가 된 사람들이 오열하며 자신의 뜻과 상관없이 살인을 저지르던 장면은 아직도 눈에 선했다.

'지금은 아직 아티팩트가 없나?'

그걸 사용했다면 이쪽도 제법 애를 먹었을 테지.

아렌트를 상념에서 꺼낸 것은 리히트의 착잡한 목소리였다.

"결국 우린 놈들의 함정에 곧이곧대로 걸려들었다는 건가."

"아니죠, 선배. 우리도 얻을 만큼 얻었잖아요."

아렌트는 주머니에 손을 푹, 쑤셔 넣었다.

"놈들이 광산을 포기한 이유가 뭐겠어요? 아직 황실과 대적할 준비가 안 됐기 때문이에요."

이미 위치까지 발각된 상황에서 이곳을 지키려 들다간 자칫 자멸할 수도 있었다.

"겁먹은 개처럼 꼬리 말고 도망치는 주제에 발악하긴. 어쨌든 우리는 놈들이 넘겨준 걸 알뜰살뜰 이용하면 되는 거예요."

마정석에 골렘의 파편. 그리고 무엇보다 남겨진 고대의 마법서와 연구 자료들까지. 한 번의 출정으로 얻어 내기엔 하나같이 과한 것들이었다.

묵묵히 그의 말을 듣던 리히트가 짧게 툭 내뱉었다.

"아렌트."

"네?"

"괜찮겠나?"

뜬금없는 물음에 아렌트가 눈을 끔뻑였다. 바로 옆에 있던 아서 역시 쯧, 혀를 찼다.

"맞아. 그러게 누가 혼자 튀어 나가랬냐?"

"그럼 선배들이 더 민첩하게 움직였어야죠."

인상을 팍 구긴 아렌트가 퉁명스레 내뱉었다.

라이오스가 의아하게 물었다.

"그게 무슨 말이지?"

"빈센트라는 녀석, 떠나기 전에 아렌트에게 선전 포고 했습니다. 기억해 두겠다고요."

그 틈을 놓치지 않고 아서가 곧장 일러바치는 말에 라이오스의 얼굴이 딱딱하게 굳었다.

"그게 사실인가?"

"됐어요. 별다른 수도 없었고."

"이 자식은 걱정을 해 줘도……."

"아, 다들 말이 많네."

아서가 뭐라 한마디 더 핀잔을 주려 입을 뗐을 때, 아렌트가 선수를 쳤다.

"저놈들도 바보가 아닌 이상 이미 감은 잡고 있었겠죠. 지금 와서 달라질 건 없어요."

쓸데없는 걱정은 받지 않겠다는 말이었다. 거기에 대고 그들이 뭐라 첨언할 수 있을 리 없었다.

미묘한 침묵이 이어지려는 찰나, 아렌트가 다시 입을 열었다.

"그리고 그거 알아요?"

"뭐?"

"제일 좋은 방어는 선제공격이라는 거."

이 새끼는 도대체 어떤 인생을 살아온 거지. 에크하르트 백작가쯤 되는 곳에서 저런 놈이 나왔다니, 정말 알다가도 모를 일이었다.

걱정에 가득 찼던 세 사람의 표정이 황당함에 물들었다.

"농담 아닌데."

"농담 아닌 거 아니까 이러지, 이 자식아!"

최근 들어 화가 많아진 아서가 버럭 고함쳤다.

그럼 그렇지. 아렌트가 낀 이 자리에서 진지한 분위기가 오래갈 리 없었다.

라이오스는 짧게 한숨을 내쉬었다.

"그래, 세 사람 다 수고했다. 복귀해서 충분히 휴식을 취하도록."

"간식거리 없어요? 배고픈데."

휙 몸을 돌린 아렌트는 어슬렁어슬렁 광산 밖을 향해 걸음을 옮기기 시작했다.

바로 그때, 동료들을 등진 얼굴이 순식간에 차게 식었다.

'기억해 두겠다…… 라.'

그건 오히려 이쪽이 할 말이었다. 그리고 아서에게 한 말도 진심이었다.

놈의 존재를 확인한 이상 가만히 있을 수는 없었다. 이 이야기를 희극으로 이끌려면 최대한 빠르게 놈을 무대에서 끌어내려야 했다.

'굳이 그럴 필요 없이 이쪽에서 먼저 찾아가 주지.'

아렌트의 걸음이 빨라졌다.

예상이 옳다면 빈센트는 얼마 지나지 않아 다시 모습을 드러낼 터였다. 아마 그 빌어먹을 아티팩트까지 가지고.

그전에 대비해야만 했다.

황궁에 돌아가면 해 둬야 할 일이 많았다.

* * *

제3기사단의 복귀와 함께 전해진 그리그 후작의 부고에 온 황성이 떠들썩해졌다.

그의 죽음에 얽힌 이야기는 칸타레스가 교묘히 비틀어 퍼트렸는데…… 그 내용은 바로 이랬다.

비리를 저지른 그리그 후작을 체포하란 명령을 받은 기사들은 후작을 추격한 끝에 그가 숨겨 둔 광산을 발견한다.

모든 것을 빼앗길 처지에 놓인 후작은 좌절감에 광산 안에서 스스로 목숨을 끊어 버렸다는 이야기였다.

지금껏 황태자가 수집해 온 자료들은 후작의 비리를 증명하기에 충분했다. 그리그 후작의 재산은 모두 몰수되었고, 그와 관련되었던 귀족들 역시 모두 쇠고랑을 찼다.

한차례 숙청이 끝난 뒤 귀족들의 가장 큰 관심거리는 이후 마정석 광산을 누가 관리할 것이냐는 문제였다.

그 의문도 얼마 지나지 않아 해결되었다. 이스트 금고의 점장이 교체된 것이다. 그리고 딱 이틀 뒤, 노이만은 제 일꾼들을 이끌고 광산으로 향했다.

혹자는 그 인선에 불만을 표하기도 했지만 그보다 적절한 선택이 없다는 의견이 지배적이었다.

노이만은 금고 점장 자리를 내려놓으면서 이스트 상단과의 관계를 완전히 정리한 것과 마찬가지였다.

상단주로서 막 시작하는 사람이니 다른 귀족들의 입김에 흔들리지도 않을 터였다. 동시에 지금까지 점장으로서 제 능력을 증명해 온 둘도 없는 인재였다.

이 모든 일이 일주일 만에 벌어졌다.

덕분에 눈 코 뜰 새 없이 바빠진 칸타레스는 한동안 잠도 제대로 못 잘 지경이었다. 그러니 며칠 만에 마주한 아렌트의 입에서 이런 말이 나오는 것도 그리 이상한 일은 아니었다.

"제법 보기 좋네요."

"뭐 이 자식아?"

순간 발끈한 칸타레스가 눈을 치떴다. 하지만 그런 것에 아랑곳할 아렌트가 아니었다.

"솔직히 지금까지 좀 배알 꼴렸거든요. 남은 밖에서 죽어라 고생하는데, 누군 편안하게 앉아서 손가락이나 까닥이고."

"너는 진짜……."

"그래도 나쁘지 않잖아요. 행복한 비명에 겨운 거 아니었어요?"

"그래, 누구 덕분에 말이지. 이 망할 놈 같으니."

아렌트를 흘겨보던 칸타레스는 곧 푹 한숨을 내쉬며 의자에 몸을 완전히 파묻어 버렸다. 준수한 얼굴은 며칠간의 수면 부족 때문에 완전히 까칠해져 있었다.

제레온이 다가와 그와 아렌트 앞에 차를 한 잔씩 가져다주었다.

"두 분 다 고생하셨어요. 설마 일이 이렇게까지 될 줄은 누가 알았겠어요."

"고생은 내가 했지."

"고생은 제가 했죠."

칸타레스와 아렌트에게서 동시에 그런 대꾸가 튀어나오자 제레온이 어색한 미소를 흘렸다.

"그래서…… 슈타들러 백작님은요? 오늘도 광산에 계시나요?"

"아마 당분간은 그러실 것 같아요. 결계 때문에 마법서를 밖으로 가지고 나올 수 없다고 하더라고요."

제레온이 애써 돌린 화제에 아렌트가 순순히 어울려 주었다.

"그래서 놈들도 도망칠 때 그걸 두고 갈 수밖에 없었던 거겠죠. 우선 결계를 연구하면서 책 필사 먼저 하신대요."

"당장 백작의 의식주는 노이만 점장…… 아니지. 노이만 상단주가 알아서 해결해 줄 거야. 눈치가 빠른 사람이라 참 다행이지."

칸타레스 역시 말을 얹었다.

"거기 있던 골렘 파편도 슈타들러 백작이 분석해 주기로 했어."

"황실 마법사단 측에는 어떻게 둘러댔는데요?"

"마정석 연구 때문에 보낸다고. 마정석 몇 조각 주머니에 찔러 줬더니 수장 영감도 조용해지던걸. 마법서에 관한 내용은 천천히 발표할 예정이고."

입을 한 차례 비죽인 칸타레스가 화제를 바꿨다.

"광산에 나타났다는 그 괴한은 뭐야? 골렘을 부렸다면서. 골렘을 제작하는 연금술사는 이미 오래전에 대가 끊긴 걸로 아는데."

가끔 황야에서 우연히 발견되는 개체는 자연 발생했거나, 옛 무덤가에 도굴 방지용으로 두었던 것들이 탈출한 게 대부분이었다.

그마저도 지금에 와서는 거의 멸종된 지경이었다.

따로 생산되지도 않고, 자연 발생한 개체는 태어나기도 어려울뿐더러, 지나치게 약해 들짐승의 공격이나 거센 비바람 정도에도 쉽게 파괴되기 때문이었다.

제레온이 말을 이었다.

"골렘들의 파편을 조사했는데, 극히 최근에 제작된 것으로 보인다고 합니다. 게다가 견고함이나 강도가 기존의 골렘과는 비교도 할 수 없을 정도라고 하던걸요. 엄청난 실력의 연금술사예요."

"역시 그렇군. 게다가 기사 셋을 한꺼번에 뿌리치고 도망칠 정도의 실력자라…… 주의해야겠어."

가만히 중얼거리던 칸타레스가 분위기를 바꾸고 손뼉을 짝, 쳤다.

"어쨌든 이번 일에는 네 공이 커. 그러니 그만한 대가는 줘야겠지. 처음에 약속한 대로."

칸타레스는 주먹만 한 가죽 주머니를 하나 꺼내 휙, 던져 주었다.

아렌트는 그것을 턱, 받아 곧장 안을 열어 보았다.

짙은 보라색을 띤 작은 마정석 조각이 한가득 들어 있었다.

아렌트가 미심쩍다는 표정을 하며 물었다.

"뭐야. 이거 전부 주시는 거예요?"

"그래. 너 줄 거라고 하니까 백작이 직접 가공해서 보내 주더군. 아마 상등품 중에서도 최상품일걸."

칸타레스는 아렌트가 으레 하듯 어깨를 으쓱했다.

"어차피 너 아니었으면 광산도 못 찾았겠지. 그건 네 몫이니 팔아치우든 수련하는 데 쓰든 마음대로 해. 설마 부담스럽다고 거절할 건 아니지?"

"그럴 리가요."

씨익, 미소 지은 아렌트가 주머니를 품 안으로 갈무리했다.

"그리고 부탁이 있는데요."

"뭔데?"

"정체불명의 액세서리나 사연 있는 보석 같은 것 좀 수소문해 주세요."

"액세서리? 아티팩트를 찾으려고?"

의아하게 그의 말을 따라 하던 칸타레스가 미간을 살며

시 찌푸렸다.

"혹시 모르잖아요. 제 장갑도 이스트 금고에 처박혀 있던 걸 찾아낸 거고."

"그렇게 말해도…… 사연 있는 물건이 어디 한두 개인가. 더 상세한 조건은 없어?"

"그걸 알면 제가 직접 찾아 나섰죠. 흥미로운 이야기가 덧붙여진 물건이면 확률이 좀 올라가긴 하겠네요."

"하여튼 저 버르장머리 없는 주둥이는."

칸타레스가 제레온을 향해 고갯짓하자, 보좌관은 단정히 묵례한 뒤 곧장 집무실을 빠져나갔다.

아렌트가 감탄을 터뜨렸다.

"역시 빠르시다니까."

"젠은 유능하고 충성스럽거든. 누구와는 다르게."

"넵, 그러시겠죠. 그럼 안 충성스러운 기사인 저는 이만 가 보겠습니다. 수고하십쇼."

아렌트는 칸타레스의 허락도 기다리지 않고 몸을 빙글 돌려 버렸다.

칸타레스는 그의 뒤통수에 대고 투덜거렸다.

"그래, 삽질하는 황태자는 다시 서류에나 파묻혀야지."

쿵.

문이 매정하게 닫혔다.

칸타레스는 다시 펜을 잡으며 중얼거렸다.

"나쁜 자식."

　　　　　＊　＊　＊

"아티팩트를 찾는 거면 이 고생도 안 하지."

침대에 털썩 주저앉은 아렌트가 짜증스레 투덜거렸다.

황태자의 집무실에 들렀다가, 또 그에게 부탁한 내용을 고스란히 글로 옮긴 편지를 노이만에게 보내고, 시튼에게까지 비밀리에 수소문을 부탁한 뒤 막 생활관으로 돌아온 길이었다.

지금 찾아야 하는 건 보석이나 아티팩트 따위가 아니라, '성검의 푸른 기사'에서 빈센트라는 인물이 처음 등장한 장소였다.

'보석 경매장에 홀로 나타난 반군이 현장에 있던 이들을 모두 참살하고, 성에 불을 지른 뒤, 매물로 올라온 보석을 가지고 도망쳤다.

범인은 가면을 쓴 괴한 한 명.'

내전이 한창이던 상황, 소설 속에서 칸타레스가 보고받은 내용이었다.

우선은 경매 장소부터 찾아야 했다. 그 사건이 언급된

부분은 딱 저 몇 줄뿐이라 그게 쉽지 않다는 게 문제라면 문제였지만.

"에이 씨. 모르겠다. 이쯤하면 됐겠지."

지금 할 수 있는 일은 다 했다. 이제는 결과를 기다리는 수밖에.

아렌트는 잠시 생각을 미뤄 두고 황태자가 던져 준 주머니를 열었다.

수북하게 들어 있는 마정석이 모습을 드러냈다.

은은한 빛을 내는 보랏빛의 보석들이 특유의 깨끗한 마력을 품은 채 샹들리에 빛을 받아 반짝였다.

"이게 뭐 금화쯤 되는 줄 아나……."

어쩐지 주머니가 묵직하더라니.

서른 개가 넘는 마정석을 내려다보며 아렌트는 가벼운 고민에 빠졌다.

황태자의 말대로 팔아 치우는 것 역시 한 방법이겠지만, 돈도 충분한 상황에서 굳이 그러고 싶지는 않았다.

잠깐 생각하던 아렌트는 침대 옆에 세워 두었던 검을 붙잡았다.

검자루에 보석이 몇 개나 박힌, 그 '아렌트'가 고른 것답게 제법 화려한 검이었다.

아렌트는 마정석과 검을 번갈아 보다 이내 뭔가를 결심하고는 벌떡 자리에서 일어났다.

잠시 후, 평소랑 다르게 연무장에 좀처럼 나타나지 않는 아렌트를 찾으러 방에 불쑥 쳐들어온 아서는 제법 기이한 광경을 마주할 수 있었다.

침대 위에 아무렇게나 흩어진 무수한 마정석 사이에서 아렌트가 검자루를 붙잡고 낑낑대고 있었다.

그의 손에는 도대체 어디서 구했는지 모를 망치와 정까지 들려 있었다.

톡, 토톡.

한없이 신중한 얼굴로 검자루에 붙은 보석을 하나하나 떼어 내던 아렌트는 뒤늦게 인기척을 느끼고는 고개를 들었다.

"뭐야. 언제 왔어요?"

"……넌 뭐 하냐?"

"방해할 거면 나가요. 아니면 문 닫고 들어오든가."

꺼지라는 건지, 말라는 건지.

아득하니 허공을 보던 아서는 곧 한숨을 푹, 내쉬고는 그의 말대로 문을 닫고 방 안에 들어섰다.

"뭐 하냐?"

"그냥, 소박한 소일거리?"

"안 소박해 보이는데?"

아렌트의 이마에는 송골송골 땀까지 맺힌 채였다.

그래도 그 고생이 제법 보람은 있었는지, 원래 검에 달려 있던 큼직한 보석 몇 개가 거의 흠집도 없이 분리되어 침대 위에 놓여 있었다.

아렌트는 비어 버린 부분에 마정석을 가져다 댔다. 보석이 떨어져 나간 공간에 마정석이 딱 맞게 제자리를 찾았다.

아서가 질린 목소리를 냈다.

"……너, 진짜 쓸데없이 손재주 좋구나."

"이게 다 경험이 주는 지혜예요, 선배."

"무슨 헛소리야. 이런 걸 직접 하는 귀족이 어디 있어?"

아서의 까칠한 물음은 당연히 무시당했다.

크기가 맞는 마정석 몇 개를 골라낸 아렌트는 다시 그것을 검에 고정하는 작업을 시작했다.

콩, 콩, 콩.

결합되는 부분을 망치로 신중하게 두드리기 시작하자 아서 역시 저도 모르는 새 아렌트의 손놀림 하나하나에 집중하기 시작했다.

"그래서, 뭐 하냐?"

"훈련할 때 도움이 될 것 같아서요."

그리고 얼마 지나지 않아 마정석 세 개가 박힌 검이 완성되었다.

"물론 그렇겠지만…… 아무리 그렇다고 해서 그 귀한 마정석을 검에다 때려 박냐?"

"쓸모가 있으니 귀한 거죠. 원래 물건이란 건 필요한 곳에 적절히 쓰여야 제 가치를 발하는 법이라고요."

자리에서 일어난 아렌트는 붕, 붕 검을 몇 번 휘둘러 보고는 만족스러운 미소를 띠었다. 이 정도면 어지간한 충격에도 떨어지지는 않을 것 같았다.

아서는 멀뚱멀뚱 그 모습을 바라보았다.

검을 다시 갈무리한 아렌트가 아서를 힐끗 곁눈질했다.

"부러워요?"

"응."

"……."

한 치의 망설임도 없이 돌아온 대꾸에 아렌트는 순간 황당하다는 표정을 지었다. 하지만 곧 어깨를 으쓱하며 선심 쓰듯 입을 열었다.

"황태자 전하께서 제게 주신 거지만…… 개고생은 다 같이 했으니까 혼자 독차지하는 건 좀 치사하죠?"

"뭐? 진짜?"

뜻밖의 말에 아서가 눈을 휘둥그레 떴다. 하지만 그의 기대는 이어진 한마디에 산산이 조각나고 말았다.

"얼마 줄 건데요?"

"……."

"시세보다는 훨씬 싸게 해 드릴게요. 좀 더 얹어 주시면 검에도 달아 줄 수도 있고."

불끈.

저도 모르게 힘이 들어간 주먹이 부들부들 떨리기 시작했다. 하지만 여기에서 아서가 할 수 있는 말은 그리 많지 않았다.

"……다음 달 녹봉이면 되겠냐?"

"두 달 치. 거기에 비밀 유지 조항까지 합쳐서요."

진짜 나쁜 새끼.

아서는 눈물을 삼키며 고개를 끄덕였다.

그리고 몇 시간 뒤, 아서는 가벼워진 돈주머니와 함께 마정석 하나가 설치된 검을 들고 터덜터덜 아렌트의 방 밖으로 나설 수 있었다.

결국 비상금까지 싹싹 털리고 말았지만, 마정석이 박힌 검이라는 둘도 없는 보물을 얻게 된 셈이니 뭐라 불평할 수도 없었다.

그리고 그날 저녁, 아서는 자신과 비슷한 표정으로 생활관을 돌아다니는 리히트를 발견했다.

"선배님도?"

"……."

리히트가 대답 대신 짧게 한숨을 내쉬었다.

전에 없던 동질감이 두 사람 사이에 자리 잡았다.

6장. 목표는 권선징악

목표는 권선징악

 한 치 앞도 보이지 않는 어둠뿐인 공간이었다. 단지 느껴지는 것은 자신의 숨소리와 차가운 공기뿐.
 그런 곳에서 빈센트는 한쪽 무릎을 꿇고 고개를 숙인 채 미동도 하지 않았다. 자신이 마주한 이 어둠 앞에서는 감히 고개를 들지 못하겠다는 것처럼, 그렇게.
 얼마의 시간이 흘렀을까…… 칠흑 같은 어둠 속에서 드디어 기다리던 목소리가 흘러나왔다.
 "네 잘못이 아니란다, 빈센트."
 사뭇 다정한 어조였다. 하지만 빈센트는 더욱 고개를 깊이 조아렸다.
 "아닙니다. 저의 죄가 가볍지 않음을 압니다. 죄를 청합니다."

그리그 후작이 사망했으니 기껏 마련해 둔 자금줄도 거의 끊어진 것과 마찬가지였다. 게다가 슈타들러 백작을 포섭하는 데도 실패했고, 어쩔 수 없었다고는 해도 마정석 광산 역시 잃어버렸다.

 "원하는 대로 해 주고 싶지만, 안타깝게도 우리에겐 그렇게 여유가 없어."

 어둠 속에서 아이 어르는 듯한 목소리가 속삭이고……. 이윽고, 빈센트 앞으로 싸늘한 기척이 소리 없이 다가왔다.

 "장난감 하나를 줄 테니 이번에는 꼭 방해꾼까지 배제하도록 해. 두 번째 실수는 봐주지 않을 테니."

 칠흑에 잠겨 보이지 않는 손이 가볍게 빈센트의 머리칼을 쓰다듬고 이내 사라졌다.

 그제야 빈센트는 고개를 들었다.

 인기척이 홀연히 자취를 감춘 자리에서 동그란 보석 하나가 홀로 은은한 빛을 발했다.

 가면 아래로 드러난 빈센트의 입가에 커다란 미소가 번졌다.

 * * *

 황실 기사의 녹봉은 결코 적지 않았다. 아서와 리히트

에게서 각각 두 달 치 녹봉을 얻어 낸 아렌트의 주머니는 더더욱 풍요로워졌다.

게다가 검에서 떼어 낸 보석도 괜찮은 가격에 팔아 치웠으니 한동안 돈 떨어질 걱정은 안 해도 괜찮을 것 같았다.

하지만 돈을 뜯긴 장본인인 두 사람은 결코 웃을 수 없었다.

아서가 작게 투덜거렸다.

"곱게 자란 놈이 돈독은 왜 저렇게 올라선."

"왜요? 돈 아까우면 그거 그냥 다시 내다 팔아요. 저한테 낸 돈 이상으로 회수할 수 있을걸요."

"누, 누가 아깝대?"

"그냥 가만히 있어라. 어차피 본전도 못 찾을 텐데."

그렇게 충고하는 리히트 역시 속이 쓰리다는 표정을 채 숨기지 못했다.

아렌트는 저를 죽일 듯이 노려보는 선배들을 뒤로한 채 검을 붕붕 휘두르며 연무장 가운데로 나아갔다.

어설프게 장착한 마정석이었지만 그래도 효과는 확실했다. 당장 마력 순환이 편해지니 피로도 빨리 풀리고 평소보다 오래 훈련해도 쉽게 지치지 않았다.

돈이 없다고 툴툴거리면서도 오후 내내 연무장을 떠나지 않는 것을 보니, 효과를 본 것은 저 두 사람 역시 마찬가지인 모양이었다.

검을 양손으로 다잡고 내려치기 자세를 잡았다.

힐끗 곁눈질하니 다른 두 사람도 각자 단련에 몰두할 생각인지 슬슬 몸을 풀고 있었다. 아렌트 역시 정신을 집중하고 몸에 힘을 주었을 때, 뒤에서 발랄한 목소리가 들려왔다.

"아렌트 폰 에크하르트 경. 계십니까?"

멈칫한 아렌트는 뒤를 돌아보았다.

연무장 입구에서 시튼이 상기된 얼굴로 손을 붕붕 흔들어 대고 있었다.

"시튼?"

"심부름 왔습니다! 아렌트 경께 편지를 전해 드리라고 해서요."

"응? 편지 배달은 다른 녀석 일 아냐?"

아서가 의아하게 묻는 말에 시튼이 쑥스럽게 웃었다.

"제가 오고 싶다고 우겨서 친구랑 잠깐 자리를 바꿨어요."

굳이 그렇게까지 하면서 제3기사단의 생활관까지 온 목적은 뻔했다. 아서와 대화를 하는 지금도 그는 아렌트에게서 눈을 떼지 못하고 있었다.

"줘 봐."

"네!"

아렌트가 손을 내밀자 시튼이 한 움큼 들고 있던 편지를 건넸다.

하나는 최근 몇 번 드나들며 보석을 거래한 보석상 주인이 보낸 명세서였다.

그리고 나머지 하나는……

겉봉투에 노이만 상단의 인장이 찍혀 있었다.

아렌트의 입가에 짙은 미소가 걸렸다. 마침 기다리던 소식이 도착한 모양이었다.

　　　　　　　　＊　＊　＊

그날 저녁, 아렌트의 희망으로 작은 회의가 소집되었다. 참석 인원은 라이오스와 아서, 그리고 리히트였다.

"꽤 재미있는 보석이 나타났대요."

이렇다 할 서두도 없이 다짜고짜 튀어나온 본론에 모여든 이들은 어리둥절해졌다. 그 와중에 제대로 화제를 따라간 것은 라이오스뿐이었다.

"황태자 전하께 조사를 부탁드렸다는 그거 말인가?"

"네, 맞아요. 노이만 상단주님이 좀 더 빨랐지만."

사연 있는 보석, 혹은 장신구는 고전과 현대 소설 가릴 것 없이 사랑받는 소재 중 하나였다.

이번에 노이만 상단주가 찾아낸 매물이 바로 그런 종류였다. 소유하면 불행한 죽음을 맞는다는 저주받은 보석.

아서가 곧장 꺼림칙한 표정을 지었다.

"뭐야. 그런 게 있어?"

"네, 듣자 하니 제국 외곽에 사는 어떤 귀족 소유라는데……."

노이만의 편지에는 제법 재미있는 이야기가 담겨 있었다.

보석의 주인은 크롬웰 남작.

선대에게 곡창 지대의 드넓은 땅을 물려받은 크롬웰 남작은, 영지를 꾸리고 가족을 살뜰히 챙기며 남부럽지 않은 생활을 이어 갔다.

그의 땅에서 농사를 짓는 농민들과의 관계도 좋았고, 유순한 성격으로 남과 큰 갈등을 빚는 일도 없었다.

게다가 나라의 중심과 동떨어진 지역이라서 그런지 경쟁자라 부를 만한 다른 귀족도 없었으니, 말 그대로 평탄한 전원생활을 보낸 셈이었다.

그러던 와중.

"크롬웰 남작이 해외로 외유를 갔다가 그 보석을 사 왔대요. 그 뒤부터 남작가가 발칵 뒤집혔고."

아렌트가 팔짱을 끼고 이야기를 이어 갔다.

"시작은 화재였대요. 어떻게든 불은 진압했지만, 하필 곡식 저장고에 옮겨 붙어서 큰 손해를 봤다나. 다음은 성의 일부가 무너지고…… 뭐, 그런 일이 자꾸만 반복됐답니다."

"별일이군."

"처음에는 그게 보석 때문이라고는 상상도 못 했겠죠. 그러던 어느 날, 남작의 어린 아들이 그 보석을 가지고 노는 걸 발견했대요."

어느새 리히트와 아서는 아렌트의 이야기에 푹 빠져 있었다.

아서가 그를 재촉했다.

"그래서?"

"이상한 일이죠. 보석은 분명 금고 안에 넣어 뒀을 텐데. 그렇게 생각했지만, 일단은 아들에게서 보석을 빼앗아 원래 자리에 돌려놓았대요."

잠깐 뜸을 들이던 아렌트가 덧붙였다.

"그런데 며칠 안 되어 아들이 갑자기 원인 모를 병 때문에 쓰러졌다더군요."

마침 그날, 남작에게 보석을 판 외국의 상인이 곡물 거래 때문에 성에 머물고 있었다.

남작의 아들이 쓰러진 것과 더불어, 그동안 크롬웰 가문에 있었던 기이한 일들을 들은 상인은 결국 보석에 얽힌 이야기를 실토해 냈다.

소유하면 불행해지는 물건이라고.

"그럼에도 보석이 어지간히 매력적이었던 모양인지, 전 주인은 계속 버티다 끝이 좀 안 좋았던 것 같고. 여하튼, 남작은 보석을 처분하고자 은밀히 주변을 알아봤다지 뭡니까. 하기야 귀족 체면에 대놓고 말할 수는 없었겠죠. 그러던 와중 비슷한 물건을 찾던 노이만 상단주와 연이 닿은 거고요."

"……끝인가?"

"그럼 끝이지, 뭐가 더 있겠어요?"

저도 모르게 멍하니 묻던 리히트는 뒤이어진 타박에 조금 머쓱해져 표정을 갈무리했다. 아서도 괜히 한 차례 헛기침했다.

왜 쓸데없이 이야기를 실감 나게 잘해선.

라이오스 역시 애꿎은 얼굴을 한번 쓸어내리며 화제를 돌렸다.

"그래서, 경매가 열린다고? 사겠다는 사람이 제법 있었던 모양이지."

"네, 그건 크롬웰 남작님도 예상 못 한 일이라곤 하던데요. 일단 주변에 조금 운을 띄워 보니 사지는 않아도 한 번쯤 구경해 보고 싶은 사람이 제법 있다나 봐요. 탐내는 사람도 제법 있고."

"소유자는 무조건 불행해진다면서. 그런데도 사겠다는 사람이 있다고?"

"그 이야기 때문만은 아니고, 보석 세공이 아주 아름답대요. 지금 그 보석이 세팅된 목걸이도 외국의 이름난 장인이 만든 거라 소장 가치가 높다나 뭐라나."

뒤이어진 아서의 물음에 아렌트가 어깨를 으쓱해 보였다.

"그래서 당분간 큰 도시에 들러서 차례로 보석을 전시하고, 레텔 백작이 다스리는 영지에 도착해서 경매를 연다고 합니다."

크롬웰 남작의 영지는 워낙 멀고, 공개적으로 찾은 것도 그렇게 오래된 일은 아니니 지금까지 칸타레스의 귀에 들어오지 않은 것도 이상한 일은 아니었다.

"경매 장소는 노이만 상단주님이 제공해 주시기로 했대요. 아직은 그리 크게 퍼진 이야기는 아닌데, 크롬웰 남작이 전시를 연 곳들을 중심으로 슬슬 소문이 퍼져 나가는 모양이더라고요."

"그렇군. 노이만 상단주님도 상단을 홍보하는 효과를 볼 수 있을 테니까."

게다가 노이만은 아렌트의 부탁이라면 당장 발 벗고 나설 게 분명한 사람이고.

라이오스가 고개를 끄덕이자 아서가 옆에서 거들었다.

"노이만 상단주님이라면 그자들이 사기꾼인지 아닌지는 이미 검증하셨겠지?"

"일단 보석은 진짜라고 해요. 크롬웰 남작님의 성에서 사고가 몇 건이나 생긴 것도 사실이고. 어쨌든, 중요한 건 그게 아니라."

아렌트의 목소리가 낮아졌다.

자연스레 흩어졌던 주의가 다시 그에게로 모였다.

"내가 왜 보석 이야기를 이렇게 길게 했겠어요? 진짜 저주 따위가 흥미로워서 이러겠냐고요."

"그건…… 그렇지."

멍하니 웅얼거리던 아서가 이내 수긍하고 고개를 끄덕였다.

한 번씩 사람 속을 뒤집긴 해도 쓸데없는 소리를 늘어놓는 놈은 아니니까.

여전히 가벼운 어조지만 결코 허투루 들을 수 없는 목소리가 이어졌다.

"수집가나 자산가, 아니면 뭐 으스스한 괴담을 좋아하는 사람들 말고도, 이런 거에 관심 가질 놈들이 있잖아요."

"설마……."

뒤이어질 말을 짐작해 낸 리히트가 입술을 달싹였다.

묵묵히 있던 라이오스가 입을 열었다.

"저주는 결국 마법이나 연금술의 일종이지. 그렇다면…… 그 보석이 아티팩트일지도 모르겠군."

"정답. 놈들은 아티팩트를 찾느라 혈안이 되어 있죠."

그건 이스트 금고 사건이 증명해 주는 일이었다.

그제야 아서와 리히트 역시 고개를 끄덕였다.

"놈들도 만에 하나의 가능성을 놓칠 수는 없을걸요. 그만큼 간절할 테니까. 그리고 그 현장에 나타날 확률이 제일 높은 건……."

 잠깐 뜸을 들인 아렌트가 은근히 덧붙였다.

 "최근에 실수를 저질러서, 조금 무리해서라도 공을 세워 실책을 만회해야 하는 놈 아닐까요?"

 "잠깐만. 설마…… 그 가면 놈?"

 아서가 이를 부득 갈아붙일 기세로 묻는 말에 아렌트는 가볍게 고개를 끄덕였다.

 "만에 하나의 경우일 뿐이지만요. 경계할 필요는 있지 않을까요?"

 "……그렇지, 확실히 그냥 넘기기는 어려울 것 같군."

 "제 생각도 같습니다. 작은 가능성이라도 무시하면 나중에 어떤 일이 벌어질지 모르니까요."

 잠깐 뜸을 들이던 라이오스가 천천히 고개를 끄덕이자 리히트 역시 동조했다.

 두런두런 이야기를 나누는 기사들을 보며 아렌트가 속으로 짧게 한숨을 내쉬었다.

 '만에 하나는 무슨.'

 놈은 분명히 나타날 터였다. 목적은 바로 그 보석일 테니까.

 그리고 잔혹하게 학살을 저지르며 제가 속한 집단이 얼마나 공포스러운지 사람들의 뇌리에 강렬하게 남기려 하겠지.

소설에서는 그 보석을 보려고 모여든 이들 모두 끔찍한 결말을 맞이했다. 그걸 생각하면 저주를 부르는 보석이라는 것도 영 틀린 말은 아니었다.

소설 속에서는 그 후 끈질긴 추적 끝에, 마침내 주인공 라이오스는 빈센트와 마주했다.

빈센트는 제 목을 노리는 대적자 앞에 자신이 부리는 구울과 골렘의 보호를 받으며 모습을 드러냈다.

마치 죽은 자들의 왕처럼.

지배하는 자의 눈동자

구울과 골렘, 그리고 사람까지 제멋대로 조종하던 아티팩트였다.

지금으로선 그 저주받은 보석이 바로 그 아티팩트인지, 아니면 다른 존재인지는 확실히 알 수 없었다.

하지만 딱 한 가지는 확실했다.

이것이 빈센트를 무대 위에서 끌어내릴 마지막 기회라는 것.

아무런 정보도 없이 멍하니 있다가 속수무책으로 당했을 때와는 달리 지금은 충분히 대비할 시간이 있었다.

'다음으로 할 일은……'

아렌트의 눈이 명민하게 반짝였다.

* * *

"괜찮나?"

"괜찮아 보입니까?"

걱정이 담긴 짧은 물음에 까칠한 대꾸가 절로 튀어 나갔다.

체면이고 뭐고 애초에 그런 건 신경도 안 쓰긴 했지만, 바닥에 아무렇게나 널브러진 아렌트는 숨을 고르느라 정신없었다. 그에 비해 두 발로 멀쩡히 버티고 선 라이오스는 적당히 운동했다는 듯 개운한 모습이었다.

'저 빌어먹을 주인공.'

평소처럼 황태자의 연무장에서 라이오스를 상대로 검에 매진하던 차였다.

천하의 어떤 창도 뚫을 수 없을 것처럼 견고하고, 동시에 제아무리 단단한 방패라 한들 결코 막아 낼 수 없을 것처럼 날카롭다.

라이오스의 검술을 묘사한 글귀였다. 뚫리지도 않고 막을 수도 없으니 한마디로 최강이라는 뜻.

지금 당장 아렌트가 체감하는 것도 그와 마찬가지였다.

검 끝 하나 스치는 것도 어려운데, 그렇다면 라이오스를 곤혹스럽게 만들었던 적들은 얼마나 강하다는 건지.

쯧, 혀를 찬 아렌트가 벌떡 몸을 일으켰다.

"한 번 더 하죠."

"다 쉬었나?"

"네, 이 정도면 충분해요."

보란 듯이 검을 한 바퀴 빙글, 돌린 아렌트가 자세를 잡았다.

그 모습을 물끄러미 보던 라이오스가 자세를 잡기 전, 부하를 향해 한마디를 던졌다.

"마정석이 효과가 좋은 모양이군."

다른 기사들은 아직 눈치 못 챘지만 라이오스의 눈을 속일 수는 없었던 모양이었다.

아렌트가 삐딱하게 물었다.

"왜요. 부러우십니까?"

"……."

꿈틀.

라이오스의 미간이 잠깐 구겨졌다가 다시 펴졌다.

"됐다. 아서나 리히트처럼 재산을 털리고 싶지도 않고."

"단장님 재력으로 마정석 한두 개 정도야 별것도 아니잖아요."

"그렇게 팔고 싶으면 마탑으로나 가라."

"생각은 해 볼게요."

아렌트는 예고 없이 라이오스를 향해 달려들었다.

하지만 라이오스는 익히 예상했다는 듯, 익숙하게 검을 휘둘러 그의 공격을 막았다.

카아앙!

새하얗게 얼어붙은 검과 라이오스의 검이 짧은 시간 맞붙었다가 다시 떨어져 나갔다.

아렌트는 몸을 빙글, 돌려 두 번째 연격을 날렸다.

하지만 이번에도 공격은 간단히 막혔다.

"실력이 느는 속도가 정말 빨라. 다른 녀석들이 자극받을 만해."

"그것참, 감사한 말씀이네요."

기껏 건넨 칭찬이 빈정거림으로 돌아왔지만, 라이오스는 전혀 신경 쓰지 않으며 아렌트를 강하게 밀어내고 반격을 가했다.

쿠웅!

가까스로 막아 내긴 했지만, 묵직한 공격의 반동으로 아렌트는 비틀내려 물러날 수밖에 없었다.

"이건 리히트가 종종 쓰는 수로군. 하지만 넌 리히트보다 체구도 작고 힘도 부족해. 너보다 강한 적을 상대로는 오히려 위험할 수도 있다."

라이오스가 침착하게 평해 주었다.

언뜻 그의 주변으로 마력이 요동치더니 라이오스의 검이 붉은색으로 번뜩였다. 강한 자의 그림자를 발동시키는 것과 동시에 검기를 일으킨 거였다.

아, 이건 망했네.

아렌트가 그렇게 직감한 것과 동시에 라이오스는 견습기사를 그대로 날려 버렸다.

콰아아앙!

한차례 커다란 소리가 연무장을 뒤흔들었다. 그리고 잠시 후…… 그에 비해서는 참 사소한 투욱, 소리를 내며 아렌트가 바닥에 떨어졌다.

천장에 매달린 화려한 샹들리에가 보였다.

아렌트는 바닥에 쭉, 뻗은 채 허망하게 중얼거렸다.

"염병."

절제된 발걸음 소리가 저벅저벅 다가오나 싶더니, 천장이 훤히 보이던 시야에 무뚝뚝한 낯이 불쑥 끼어들었다.

아렌트가 미간을 찌푸렸다.

"아렌트."

"왜요?"

"아까 회의에서, 만에 하나의 경우를 말하는 것뿐이라고 이야기했지만."

잠깐 뜸을 들이던 라이오스가 다시 입을 열었다.

"네겐 확신이 있는 것으로 보이는데."

"……."

대답하는 대신 아렌트는 뭐 어쩌라고, 란 말을 하는 것처럼 반항기 어린 황금색 눈동자로 라이오스를 빤히 쏘아볼 뿐이었다.

"네가 뭘 하든 상관없다. 왜 그렇게까지 확신하는지 그 근거를 분명하게 말하지 않았다고 해서 의심하지도 않을 거다. 하지만 딱 한 가지만 당부하고 싶군."

라이오스가 굉장히 고뇌하는 표정으로 입을 열었다.

"제발, 적당히 해라."

"……."

그렇게 말하는 라이오스의 낯은 골칫덩이 막내 기사를 보는 것 그 이상, 그 이하도 아니었다.

그걸 마지막으로 라이오스는 휙, 몸을 돌려 반대편으로 걸어가 버렸다.

아렌트는 멍하니 눈을 끔뻑였다.

의심하지 않는다니…… 저건 사람이 좋아도 너무 좋은 건지, 아니면 멍청한 건지.

'그러고 보니 최근 위상악을 자주 찾는다고 했던가.'

시종들이 수군대는 소리를 언뜻 들은 것 같기도 하고.

원인이 뭐 때문인지는 굳이 오래 생각해 보지 않아도 알 수 있었다.

그렇다면 기대에는 부응해 주는 게 인지상정이었다.

목표는 권선징악 〈289〉

씨익, 입꼬리를 올린 아렌트가 산뜻하게 대답했다.
"싫은데요?"
연무장 밖을 향해 걸어가던 라이오스의 걸음이 삐끗했다.

　　　　　　　＊　＊　＊

저주받은 보석 이야기는 곧 황궁에서도 어렵지 않게 들려오기 시작했다. 단순히 호기심을 보이는 이부터 흥미를 드러내는 수집가와 상인, 그리고 헛소문이라며 일축하는 사람까지.

반응은 각양각색이었지만 어쨌든 관심이 몰린다는 것은 똑같았다.

'원래 이렇게까지 화제가 되지 않았던 것 같은데.'

하긴, 별로 이상한 일은 아니었다. 원작 소설에서는 보석 따위에 정신이 팔릴 분위기도 아니었고…… 지금은 노이만 상단주가 끼어들었으니까.

그가 관여한다는 것으로도 홍보 효과는 충분했다.

경매는 저택 하나를 빌려 작은 다과회처럼 열릴 예정이었다. 멀리서 찾아온 이들이 묵을 숙소도 준비되었다.

다과와 가벼운 주류를 먹고 마시는 화기애애한 분위기 속에 그날의 주인공인 저주받은 보석이 등장하면, 그때부터 본격적으로 경매가 시작되는 것이다.

오랜만에 황성으로 돌아온 노이만이 전해 준 이야기였다.

"인기 폭발이네요, 상단주님."

차를 홀짝이며 아렌트가 툭 내뱉었다.

"황궁에서도 방문하실 분들이 꽤 많다면서요. 그중 태반은 보석보다 노이만 상단주님께 관심이 있는 것 같던데."

"하하. 정말 그렇다면 그건 다 아렌트 경 덕분 아니겠습니까."

맞은편에 앉은 노이만이 껄껄 기분 좋은 웃음을 터뜨리자 아렌트가 짓궂게 덧붙였다.

"이스트 상단주님께서는 속 좀 쓰리시겠어요."

"그거야 어쩔 수 없지요. 일단은 선의의 경쟁자로서 봐주시니 감사할 따름입니다."

"선의의 경쟁자라…… 그런 것치곤 노이만 상단주님은 출발부터 지나치게 운이 좋으셨던 것 같은데요?"

"그것 또한 부정은 못 하겠습니다."

하지만 노이만은 그저 싱글벙글 미소만 지을 뿐이었다.

사실 그러지 않는 게 더 이상했다.

황실의 위탁으로 광산 관리까지 맡으며 노이만 상단은 그야말로 순풍을 탄 듯 승승장구 중이었다.

'상단 본점도 벌써 이렇게 번듯하게 마련해 두고.'

차를 한 모금 더 홀짝이며 아렌트는 주변을 곁눈질했다.

노이만은 이스트 금고 점장 일을 정리하면서 동시에 3층짜리 건물을 통째로 매입했다. 바로 얼마 전에 단장을 마친 건물인 만큼 풀을 빳빳하게 먹인 벽지 냄새가 솔솔 풍겼다.

1층은 상점, 2층은 창고, 3층은 업무 공간으로 꾸며져 있었다. 그리고 지금 아렌트가 있는 곳은 3층에 있는 노이만의 집무실이었다.

"광산 쪽도 체계가 잡혔습니다. 인부들도 전문가들로 새로 고용했고, 제가 없을 때 관리해 줄 사람도 있으니까요. 이제 안심하셔도 괜찮습니다."

"상단주님께서 어련히 알아서 하시겠죠. 제가 뭐라고 거기까지 관여해요. 백작님은요?"

"연구에 완전히 푹 빠져 지내십니다. 때때로 식사까지 잊으셔서 문제지만요. 그래서 믿을 만하고 입이 무거운 조수를 한 명 고용해 드렸습니다. 적어도 끼니 정도는 챙겨 드릴 수 있게요."

역시나 세심한 부분까지 살필 줄 아는 사람이었다.

아렌트가 만족스럽게 고개를 끄덕였다.

"경매 준비는요?"

"차질 없이 진행 중입니다. 참여 의사를 밝혀 주신 분들께 초대장을 보내 드리고, 입구에서 이를 확인할 겁니다."

침입자가 올지도 모른다는 말에 나름대로 신경을 쓴 모양이었다.

게다가 상대는 이스트 금고에서 한 번 엮였던 놈들이니, 노이만이 방비를 단단히 하는 것도 이상한 일은 아니었다.

"동행은 신분이 확실한 사람 한정으로 한 명만. 개인 시종은 출입을 금하도록 했습니다."

거기까지 말한 노이만이 눈썹을 휘며 목소리를 낮췄다.

"혹시 달리 필요한 것이 있다면 얼마든지 말씀해 주십시오. 힘이 닿는 데까지 노력해 보겠습니다."

"의욕이 넘치시는 모양이네요. 금고를 말아먹을 뻔한 놈들에게 복수라도 하시게요?"

"복수가 아니지요. 이건 장사의 일환입니다. 이번 경매가 수포로 돌아가면 막 쌓아 올리기 시작한 제 신용은 바닥에 떨어질 게 분명합니다."

노이만이 단호하게 대꾸했다.

"게다가 기껏 잘난 체하며 끼어들었는데 아렌트 경과 황실 기사단 여러분을 방해하는 꼴이 된다면, 결과적으로 그것만큼 손해 보는 일은 없을 겁니다."

"어째서요?"

"저의 가장 큰 고객이 바로 여러분이니까요. 아렌트 경식으로 말한다면 돈줄이 되겠군요. 기껏 최고의 동업자와 손을 잡았는데, 그 기회를 놓치는 멍청이는 상인의 자격이 없습니다."

상단주가 익살스레 덧붙이자 아렌트가 픽 웃음을 터뜨렸다.

"고객이자 돈줄이고 동시에 동업자라. 멋지네요. 황실 기사단을 상대로 그렇게 말할 수 있는 사람은 상단주님뿐일걸요."

"배포 역시 커야 진정한 상인이라 말할 수 있지요."

"그래야 거상이 될 수 있고요?"

"바로 그렇습니다."

씨익, 장난스럽게 미소 지은 노이만이 덧붙였다.

"그러니 협조가 필요한 부분이 있다면 가감 없이 말씀해 주시면 됩니다."

"안 그래도 그럴 생각이었는데 그렇게까지 말씀하시니 더더욱 사양하지 않겠습니다."

상단주의 미소가 조금 어색해졌다.

"제가 슈타들러 백작님께 부탁드린 거는요?"

"그렇지 않아도 백작님께서 아렌트 경께 전달해 달라고 하시더군요."

노이만은 기다렸다는 듯이 품을 뒤져 작은 주머니를 내

밀었다.

주머니 입구를 열자 진주처럼 새하얀 구슬 하나가 모습을 드러냈다.

"오, 생각보다 예쁜데요?"

"따로 장인을 불러들일 정도로 겉모양에도 꽤 신경을 쓰셨습니다. 며칠 동안 여기에만 매달리시더군요."

제가 한 일을 자랑하듯 노이만이 뿌듯하게 말했다.

아렌트는 구슬을 집어 들고 이리저리 살피며 물었다.

"몇 개 정도 만들 수 있대요?"

"광산에서 나온 부산물을 이용해 제작한 것이니, 필요하신 만큼 넉넉히 만들 수 있다고 하셨습니다."

"돈은 신경 안 쓰셔도 괜찮아요. 슈타들러 백작님께도 그렇게 전해 주세요."

어차피 자금은 황태자가 낼 테니까.

아렌트가 만족스럽게 고개를 끄덕였다.

"이제 이걸로 뭘 하면 됩니까?"

"이걸로 장신구를 만들어 주세요. 어떤 모양이든 상관없으니 착용할 수만 있으면 됩니다."

"예?"

"귀족 나리들의 취향은 상단주님이 잘 아실 거 아니에요?"

뜬금없는 주문이었다.

의아한 물음이 돌아오자 아렌트가 느긋하게 다리를 꼬며 말을 이어 갔다.

"눈 높은 인간들이 마음에 쏙 들어 할 정도로 예쁜 액세서리를 만들어, 입구에서 모든 분께 나눠 드리는 거예요."

"……일단은 알겠습니다. 그리고요?"

"행사가 진행되는 동안에는 계속 착용하고 있어야 한다고 말씀드려요. 그걸로 출입증을 대신할 거라고요."

"모든 사람이라면……."

멍하니 이야기를 듣던 노이만이 눈치 빠르게 대답했다.

"거기에서 일하는 시종이나 요리사들도 포함해서 하시는 말씀이십니까?"

"네, 바로 그거예요."

"알겠습니다. 그렇게 준비하겠습니다."

여전히 영문은 알 수 없었지만 상단주는 일단 고개를 끄덕였다.

"아, 그리고 조만간 상단 쪽에 뭐가 도착할 건데요."

"……예?"

문득 노이만은 강렬한 불길함에 휩싸였다.

아렌트가 씨이익, 웃으며 덧붙였다.

"너무 놀라지 마시라고요. 제가 한 말은 비밀이에요. 아시겠죠?"

"비, 비밀이라면······."

"제 최소한의 양심을 발휘해서 미리 말씀드리는 거니까요. 이건 상단주님과 저만 아는 일인 걸로."

적이 올 거란 확신이 없다면 만들어 주면 된다.

겸사겸사 무대 위의 배우들에게도 제 역할을 똑바로 수행할 명분을 부여해 주고.

이 말랑한 상황에 긴장감을 주는 건 저주받은 보석과, 극에서 가장 인기 있는 장치 하나만 있으면 충분했다.

그리고 다음 날, 노이만 상단주에게 정체불명의 전서구 한 마리가 날아들었다.

내용은 간단했다.

경매가 열리는 날, 보석을 훔치러 가겠다.

* * *

다음 날 아침. 기사들이 모여든 식당은 한바탕 난리가 났다.

콰아앙!

아서가 사납게 테이블을 내려쳤다.

"이거 또라이 아냐? 제정신인가? 예고장을 보내?"

"그러게요. 상당히 구닥다리 같은 방식을 쓰네."

반면에 아렌트는 그저 평소처럼 시큰둥하게 대꾸할 뿐이었다. 아서 맞은편에 앉은 리히트 역시 심각하기 그지없는 얼굴이었다.

"치안대에서 발신자를 추적 중이지만 정체를 알 수 없다고 하더군."

"필체도 숨겼다면서? 치밀한 놈. 장난치고는 너무 공들이는 거 아냐?"

기사들이 웅성대는 소리를 흘려들으며 아렌트는 아침 식사를 싹싹 비워 냈다. 그러고는 누구보다 먼저 몸을 일으켰다.

그제야 아서가 고개를 들었다.

"뭐야. 너 어디 가?"

"단장님 심부름이요. 먼저 갑니다."

짧게 대답한 아렌트는 곧바로 식당을 벗어났다.

'생각보다 반응이 너무 재밌는데.'

자꾸만 올라가는 입꼬리를 손으로 슬쩍 가렸다. 기사들이 이 정도로 아우성친다면 다른 쪽의 반응도 제법 볼 만할 것 같았다.

아마 그쪽은 범인이 누구인지도 알아차렸을 테니까.

그리고 아렌트의 기대는 빗나가지 않았다.

똑똑, 노크한 뒤 회의실의 문을 연 순간 보인 세 단장의 표정은 아주 다채로웠다.

켄드릭은 당장이라도 터져 나올 것 같은 웃음을 필사적으로 꾹꾹 눌러 담는 중이었고, 다이아나는 뭐라 형언할 수 없는 복잡하고 심란한 표정으로 관자놀이를 눌러 댔다.

그리고 평소보다 10배는 더 가라앉은 낯빛으로 한숨을 푹푹 내쉬던 라이오스는, 안으로 들어온 아렌트를 보자마자 품을 뒤적이기 시작했다.

"뭐 찾으십니까?"

"위장약."

"……."

역시 재미있다.

정말로 주머니에서 약통을 꺼내 입에 털어 넣는 라이오스를 보며 아렌트는 전에 없던 뿌듯함을 느꼈다.

"어쩐 일로 호출하셨습니까?"

"노이만 상단에 협박장이, 푸흡. 도착했다기에…… 크크크."

웃음을 참느라 얼굴이 시뻘게진 켄드릭이 입꼬리를 일그러뜨리면서도 애써 말을 이었다.

"노이만 상단주와, 개인적으로 친분이 있는…… 큭큭. 경이라면, 좀 더 자세한 사정을 알까, 크흐흐. 해서."

하지만 그런 노력도 무색하게 결국, 켄드릭은 터져 나오는 웃음을 참지 못하고 테이블에 머리를 쿵, 파묻고 말았다.

"푸하하하하! 내가 기사 생활을 짧지 않게 했다만, 살다 살다 이런 일은 또 처음 보는군. 크하하하하하!"

"켄드릭 경, 웃을 일이 아닙니다."

다이아나가 슬쩍 주의를 줬지만 켄드릭은 좀처럼 웃음을 멈추지 못했다. 눈물까지 찔끔 흘려 가며 한참을 웃던 켄드릭은 가까스로 숨을 고르고 얼굴을 쓸어내렸다.

"아, 간만에 웃었구만. 그래서, 도대체 무슨 생각이지? 설마 기사에서 도둑으로 전업이라도 하려고?"

"설마요. 그랬다가는 당장 목부터 떨어질 텐데. 그래도 일이 제법 재미있게 됐습니다. 보석을 훔치겠다는 협박장이라니."

아렌트가 천연덕스럽게 어깨를 으쓱이자 켄드릭은 다시 고개를 처박고 끅끅대기 시작했다.

"물론 장난질 때문에 술렁이는 건 품위 없는 일이지만, 그렇다고 해서 영 무시할 수도 없겠네요. 황태자 전하께서도 작은 쪽지를 시작으로 제법 곤혹을 치르셨는데."

"목적은 그거였군."

라이오스가 골치 아파 죽겠다는 듯이 앓는 소리를 냈다.

다이아나 역시 그 한마디로 대강 앞뒤를 파악하고는 질린 얼굴을 했다.

"하여튼 징그러운 놈."

"뭐 어때. 젊으니 이런 짓도 할 수 있는 거지."

켄드릭이 찔끔 흐른 눈물을 닦아 내며 여전히 웃음기 어린 목소리로 말했다.

"발신자가 누구인지는 모르겠지만, 이번 일에 어떻게든 기사단을 끌어들이고 싶은 모양이지? 아주 기발해."

"왜요? 진짜 보석을 훔치고 싶은 걸지도 모르잖아요. 아니면 진짜 장난질일 수도 있고."

주머니에 손을 푹 꽂아 넣은 아렌트가 씨익 웃었다.

"그래도 어쨌든 주의할 필요는 있잖아요? 노이만 상단과 황실이 좋은 관계라는 건 세상이 다 아는 일인데, 좌시한다면 냉정하다는 소리만 들을 겁니다."

"그래그래, 알겠다. 자네 생각에는 이게 그만큼 중요한 건이란 말이지. 하, 오랜만에 실컷 웃었어."

가까스로 웃음을 멈춘 켄드릭이 숨을 몰아쉬었.

아렌트가 은근슬쩍 물었다.

"황태자 전하께서는요?"

"켄드릭 경과 비슷한 반응이셨다는걸. 제레온 보좌관도 참 고생이야."

다이아나가 턱을 괴며 짜증스레 대꾸하는 것에 뒤이어 라이오스가 입을 열었다.

"황태자 전하께서도 그렇게 말씀하셨다. 호들갑 떨 일은 아니지만, 그냥 넘어갈 수도 없다고."

참견 안 할 테니 너희끼리 알아서 해라, 란 뜻의 말이었다.

황태자의 체통 따위 저 멀리 던져 버린 듯 책상을 탕탕 두드리며 포복절도하는 칸타레스와, 그 옆에서 어색한 웃음만 흘리는 제레온. 그런 두 사람을 마주한 라이오스가 곧바로 위장약을 찾게 된 것도 이상한 일은 아니었다.

황태자와 견습 기사는 때때로 지나칠 정도로 죽이 잘 맞았다.

새삼 치미는 두통에 라이오스는 관자놀이를 꾹꾹 눌렀다.

"어쨌든 경호를 늘리기로 했다. 분위기를 보아하니 경매를 취소하는 건 불가능한 것 같고."

"크롬웰 남작도 참 안 됐어. 저주 때문에 벌벌 떨면서 이 먼 곳까지 새 주인을 찾아 나섰는데, 이것 참 유감스럽게 됐군."

"농담할 때가 아닙니다. 결국 또 기사단 전체가 이 건방진 견습 기사에게 휘둘리게 생겼는데요."

켄드릭이 큭큭 웃으며 감탄사를 흘리자 다이아나가 눈을 흘겼다.

"어쨌든 일이 이렇게까지 됐으니…… 대책은 당연히 세워 뒀겠지, 아렌트 경?"

"제가 뭐라고 대책까지 세우겠습니까? 그리고 저는 모

르는 일이라니까요. 그래도 마침 잘됐네요."

아렌트는 품에서 봉투 세 개를 꺼내 단장들에게 건네주었다.

노이만 상단의 인장이 선명히 찍혀 있었다.

"초대장이 몇 장 남는다고 하셔서 받아 왔어요. 동행은 초대장 한 장당 한 명씩만 가능하고요. 물론 제 건 따로 있어요."

아렌트는 제 몫의 초대장을 꺼내서 팔랑, 흔들어 보이며 빙그레 미소 지었다.

"시간 되시면 같이 가시겠습니까? 구경도 해 볼 겸, 불안에 떠실 노이만 상단주님과 크롬웰 남작님도 안심시켜 드릴 겸."

"하……."

결국 다이아나 역시 가볍게 헛웃음을 터뜨리고 초대장을 받아 들었다.

"나 참. 어린애 말장난 때문에 이게 뭐 하는 촌극인지."

"정말…… 온갖 경험을 다 해 보는군."

갠드릭 역시 너털웃음을 터뜨리며 초대장을 한 장 가져갔다.

"단장님은 필요 없으십니까?"

"하아……."

아렌트가 은근히 묻는 소리에 라이오스는 짧은 한숨을

내쉬며 초대장을 받아 들었다.

"노이만 상단주님께 꼭 사과드리도록."

"사과는 무슨. 노이만 상단주님은 단장님과는 다르게 제법 융통성 있는 분이거든요. 보세요. 상단주님은 잽싸게 행동부터 취하셨잖아요."

물론 처음에는 좀 황당했겠지만.

제가 무슨 일을 해야 할지 정확히 알아낸 노이만은 가장 먼저 치안대에 신고하고, 그다음에는 참석자들에게 따로 연락을 취했다.

위험한 상황이 생길지도 모르니 참석을 재고해 달라고 연통을 돌렸다는데, 대충 듣자 하니 발을 뺀 사람도 몇몇 있는 모양이었다.

그래도 아랑곳하지 않는 이들은 자발적으로 위험을 무릅쓰는 모험을 하겠다며 나선 것이니까, 나중에 무슨 일이 벌어져도 노이만은 책임을 피할 수 있었다.

게다가 황궁 안에도 소문이 쫙 퍼졌으니 비공식적으로나마 황실 기사단이 참견할 명분 역시 생겼다.

아렌트의 의도와 정확히 맞아떨어진 거였다.

초대장을 앞뒤로 살피며 켄드릭이 장난스럽게 말했다.

"정식 업무도 아니고 '자발적'으로 경매에 참여하는 거니 따로 휴가를 신청해야겠군."

"황태자 전하께 말씀드리면 아마 유급으로 처리해 주

실 겁니다."

"흠, 당장 기사단장 셋만 해도 무시할 수 없는 전력인데."

거기에 각자 기사를 한 명만 대동해도 당장 전투에 나설 수 있는 인력이 여덟 명이었다.

턱을 괸 채로 다이아나가 눈동자를 데굴, 굴려 아렌트를 보았다.

"그만큼 상대가 만만치 않다고 봐야 한다는 건가?"

"원래 호랑이는 토끼를 잡을 때도 최선을 다하는 법이죠. 그리고 하나 더."

아렌트는 주머니에서 뭔가를 꺼내 단장들이 둘러앉은 테이블 위에 놓았다.

달그락.

조약돌이 서로 부딪치는 듯한 맑은 소리가 들렸다.

단장들은 고개를 빼고 그가 새로 꺼내 놓은 것을 보았다. 영롱한 빛을 내는 다섯 개의 마정석이었다.

켄드릭이 눈썹을 휘었다.

"마정석이로군. 이건 왜?"

"한 개씩 가지세요. 그리고 다이아나 단장님, 켄드릭 단장님. 나머지 두 개는 동행할 사람한테 건네줘요. 안 돌려주셔도 상관없지만 경매 당일에는 몸에 지니는 편이 좋을 겁니다."

"이렇게 된 마당에 사양은 안 하겠지만…… 이유가 궁금한데."

손바닥 위에 마정석을 올려놓고 이리저리 굴리며 켄드릭이 의아하게 물었다.

"이걸 그냥 준다고? 견습 기사 주제에 너무 크게 한턱 내는 거 아냐?"

"부담스러우시면 잘 쓰고 다시 돌려주시면 되겠네요. 이자까지 합쳐서. 어쨌든 그게 왜 필요한지는 가 보시면 알 거예요. 지금 제가 설명해 봤자 이해 못 하실 테니까."

"하여튼 건방지다니까."

다이아나의 입가에 헛웃음이 걸렸다.

기가 막힌 상황이었다.

황제의 신임을 한 몸에 받는 기사단장 세 명이 이 애송이 견습 기사의 안배대로 휩쓸리고 있다.

'그런데도…….'

거부할 마음이 들지 않는다는 게 더 신기한 노릇이었다.

그들 모두, 심지어는 황태자마저 저 애송이의 말에 귀 기울이고 있으니까.

손안에서 데굴데굴 굴리던 마정석을 갈무리한 다이아나가, 아까부터 계속 침묵만 지키는 라이오스에게 화두를 던졌다.

"그건 그렇고, 라이오스 경. 안색이 안 좋은데 뭐 문제라도 있어? 네 부하의 비행에 새삼스럽게 화내지는 않을 테니 걱정하지 말고."

"……아니, 그게 아니라."

테이블 위에 하나 남은 마정석을 껄끄럽게 응시하던 라이오스가 간신히 운을 뗐다.

"아렌트, 네 이야기대로라면 이번 일에 마정석이 꼭 필요하다는 말인데."

"꼭, 이라고 할 것까진 아니지만 기사들은 하나씩 지니는 편이 나을 겁니다."

"너와 내 동행으로 함께 경매장에 들어갈 사람은 아마 리히트와 아서겠지. 맞나?"

"그렇죠?"

아렌트가 건성으로 고개를 끄덕였다. 상황을 모르는 다이아나와 켄드릭은 의아하게 두 사람을 번갈아 보았다.

라이오스가 애써 침착함을 유지하며 말을 이었다.

"……어차피 마정석은 그냥 건네줄 거 아니었나? 그런데 아서와 리히트에게는 녹봉 두 달 치를 받아 갔다고?"

"아, 그거요? 선배들이 끝까지 싫다고 하면 그냥 줄 생각이었는데, 넙죽 돈을 낸다고 하니 안 받을 이유도 없고."

진짜 사기꾼이 따로 없었다.

단장들이 참으로 어이가 없다는 눈빛으로 바라만 보자

아렌트가 어깨를 으쓱했다.

"딱히 돈이 필요했던 건 아니었지만 재미있잖아요."

"……이건 영원히 비밀로 해야겠군."

녹봉 두 달 치를 생으로 뜯긴 아서와 리히트를 위해서라도.

켄드릭이 꺼림칙하게 중얼거렸다. 다이아나 역시 동감이라는 듯 떨떠름히 고개를 끄덕였다.

선배를 상대로 사기를 치는 견습 기사는 확실히 전대미문이었다.

창백한 얼굴을 쓸어내리며 명치를 움켜쥐는 라이오스를 보니, 조만간 3기사단의 위장약 수요가 수직 상승할 것 같다는 직감이 들었다.

     (배신 기사의 유쾌한 신의 3권에서 계속)